KB142342

은유의 깊은 숲

은유의 깊은 숲

2024년 8월 9일 제 1판 인쇄 발행

지 은 이 | 이진엽
펴 낸 이 | 박종래
펴 낸 곳 | 도서출판 명성서림

등록번호 | 301-2014-013
주 소 | 04625 서울시 중구 필동로 6(2층·3층)
대표전화 | 02)2277-2800
팩 스 | 02)2277-8945
이 메 일 | ms8944@chol.com

값 12,000원
ISBN 979-11-94200-12-3

은유의 깊은 숲

이진엽 시학 에세이집

도서출판 명성서림

책머리에

시, 깊고 넓게 호흡하다

시를 만나기 위해서는 숲으로 가야 한다. 무수한 시의 언어들이 저마다 금빛 형상形相을 품고 있는 그 숲은 은유의 숲이다. 이 숲에서 시인들이 숨겨놓은 빛의 울림들을 찾아내야 한다.

수많은 시인들의 숨결이 감춰진 시, 이들을 다양한 시론이나 인문학의 이론을 빌려 비춰보면서 시 읽기의 지평을 확장해 보고 싶었다. 시가 흘러넘치는 이즈음 세상, 시를 더 깊고 넓게 호흡할 수 있으면 얼마나 좋겠는가.

그동안 틈틈이 지면에 발표한 글들을 이번에 정리하여 시학 에세이라는 이름으로 세상에 선보인다. 특히 면면히 이어온 우리의 고전 시가들도 현대시와 함께 연계하여 탐색해 봄으로써, 시사詩史의 단절을 극복하고 시의 외연을 확대할 수 있도록 관심을 기울였다.

아무튼 이 책이 시를 좋아하는 모든 분들께 작은 힘이라도 되어 더욱 시를 사랑하는 마음을 가지게 되었으면 한다.

2024년 가을을 맞이하며

이진엽

1 / 시인의 눈빛과 세계의 열림

2 / 시인의 부름, 시인의 귀향

3 / 생의 탐구와 실존 의식

4 / 시, 민족 정서의 맥脈을 찾아

1

시인의 눈빛과 세계의 열림

있음과 이루어 감
- 시인이 잠 깨우는 세계

1. 시적 사유의 출발

눈을 뜬다. 아침 햇살이 커튼의 작은 틈새를 비집고 들어와 유리창에 비친다. 맨 먼저 눈앞에 보이는 천장, 그리고 베갯머리에서 고개를 돌리면 바라보이는 벽과 가구들, 탁자 위의 온갖 잡다한 사물들이 오늘도 눈에 들어온다. 이처럼 우리가 잠에서 깨어났을 때 '눈'을 통한 시각적 활동이 시작되는 순간, 세계는 지각되고 인식된다. 하지만 우리가 아침에 첫눈을 떴을 때, 과연 '저것은 천장이고 이것은 벽이다'라는 지각과 인식을 반사적으로 하는 것일까? 물론 아니다. 아침에 잠에서 깨어 매일 보는 사물들이지만 우리는 그것을 거의 의식하지 못한다. 왜냐하면 그 사물들은 인간이 특별한 관심을 부여하지 않는 한, 의식 바깥의 세계인 객관적 존재자의 영역에 머무르고 있기 때문이다.

이런 상황에서 탁자 위에 놓인 '손목시계'를 향해 눈빛이 닿는 순간, 그 사물은 비로소 지각되어 어떤 의미체로 인식된다. 의식의 후경後景, 즉 무명無明 속에서 존재자로 있던 한 개체가 마침내 의식의 전경前景으로 떠올라 '존재'를 드러내게 되는 것이다. 이처럼 인간이 대상을 향해 부단히 투사하는 내면의 빛은 무의미의 세계를 의미의 세계로 이끌어 내는 작용을 하고 있다.

이렇게 본다면 우리가 처해있는 세계는 '있음'[1]의 세계와 '이루어 감'의 세계로 구성되어 있다고 할 수 있다. '있음'의 세계는 우리의 의식 바깥에 과거부터 그냥 주어진 세계이고, '이루어 감'의 세계는 의식 속에서 매 순간 끊임없이 구성되어 가는 창조적 세계이다. 그러므로 '있음'은 일상적·관습적·즉자적 세계를, '이루어 감'은 반성적·현상학적·대자적 세계를 지향한다고 할 수 있다. 따라서 '있음'이 '그것은 무엇인가?'라는 물음에 대한 소박한 개념 규정과 연관된다면, '이루어 감'은 '그것은 어떻게 존재하는가?'라는 의문에 대한 존재 이해와 관련을 맺고 있다. 이를테면 탁자 위의 손목시계를 단순히 '시간을 알려주는 도구'로 보느냐, 아니면 '생의 소중한 순간들을 지속적으로 점검하게 하고 이끌어 주는 가치 있는 것'으로 보느냐가 그것이다.

시인은 '있음'의 세계가 아니라 '이루어 감'의 세계를 추구한다. 그는 고착화된 관습의 세계에 머무르는 일상인이 아니라, 끊임없이 대상을 향해 의식을 지향하면서 그 본질을 통찰하려 한다. 그러므로 시인의 의식의 빛이 투영된 사물들은 존재자라는 어둠 속에서 벗어나 매 순간 '존재자의 존재'를 드러내게 된다. 그 까닭에 사물을 깊이 통찰한다는 것은

---

1) '있다'라는 단어는 동작상으로 볼 때 현재진행상도 되지만 완료상을 나타내기도 한다. 이 글에서 제시한 '있음'은 이미 주어진 상태의 완료상을 전제로 한 것이다.

결국 시인의 생각으로 바라본다는 뜻이며, 그 사유는 하이데거가 말한 것처럼 '시작詩作하는 사유*dichtendes Denken*'[2)]라 할 수 있다.

2. 의식의 지향성과 존재 이해

그렇다면 이 같은 '이루어 감'이 시인의 지각을 통해 실현될 수 있는 의식 활동의 근거는 무엇일까? 이것을 현상학적 입장에서 보면 E. 후설이 말한 '의식의 지향성'으로 이해할 수 있다. 의식의 지향성은 대상에 대한 순수한 의식의 작용을 뜻한다. 이 작용은 사물이나 대상에 입혀진 통념을 일단 판단중지*epoche*하고 의식 속에 새로운 의미체를 구성하는 것이다.

'자아*ego*-지향성*cogito*-대상*cogitatum*'이라는 일련의 관계를 통해 '있음'의 세계에 은폐된 대상들은 시인의 의식 속에서 새롭게 그 본질적 의미를 형성한다. 이때, 시인이 내면의 빛으로 대상을 비추면 그 대상은 시인의 빛에 응답하며 끝없이 어떤 말을 걸어온다. 그 말은 '있음'의 세계에서 상투화된 전언이 아니라 세계의 자아화를 통해 들려오는 깊고 설레는 울림이다. 이러한 울림은 고흐의 그림 「구두」에 대한 하이데거의 다음 언급에서 잘 드러난다.

---

2) 김병우, '하이데거의 존재 사유의 경험', 그리스도철학연구소 편, 『하이데거의 철학사상』(서광사, 1978), p.93.

"이 구두라는 도구의 밖으로 드러난 내부의 어두운 틈으로부터 들일을 하러 나선 이의 고통이 응시하고 있으며, 구두라는 도구의 실팍한 무게 가운데는 거친 바람이 부는 넓게 펼쳐진 평탄한 밭고랑을 천천히 걷는 강인함이 쌓여 있고, 구두가죽 위에는 대지의 습기와 풍요함이 깃들여 있다. 구두창 아래는 해 저물녘 들길의 고독이 깃들여 있고, 이 구두라는 도구 가운데서 대지의 소리 없는 부름이, 또 대지의 조용한 선물인 다 익은 곡식의 부름이, 겨울들판의 황량한 휴한지 가운데서 일렁이는 해명할 수 없는 대지의 거절이 동요하고 있다."[3)]

닳아버린 한 켤레 구두, 그것에 대해 하이데거는 마치 자신이 시인이 된 것처럼 경이롭게 표현하고 있다. 내면의 빛 혹은 의식의 지향성을 통해 지각된 그 구두는 단순히 발을 보호하고 땅을 밟기 위한 도구로서가 아니라, '나'의 의식작용의 상관물로서 깊은 영혼의 말을 걸어온다. 이때 '있음'의 세계에 머물러 있던 그림 속의 구두는 단순한 사물이라는 존재자의 영역에서 벗어나 본질적 차원에서 '나'와 대화를 나누고자 한다. 이 대화를 통해 일상의 삶에서 망각되었던 사물 속에 은폐된 것들-대지의 습기와 풍족함, 들길의 정적감, 대지의 소리 없는 부름-이 비로소 참모습을 드러낸다.

이와 같은 의식의 대상화 작용은 다음 시에서 눈길을 끈다.

---

3) 마르틴 하이데거, 오병남·민형원 공역, 『예술작품의 근원』(경문사, 1979), p.99.

피아노에 앉은

여자의 두 손에서는 / 끊임없이

열 마리씩 / 스무 마리씩

신선한 물고기가

튀는 빛의 꼬리를 물고 / 쏟아진다.

나는 바다로 가서 / 가장 신나게 시퍼런

파도의 칼날 하나를 / 집어 들었다.

– 전봉건 「피아노」 전문

자유로운 연상과 상상의 기법으로 이뤄진 이 시는 의식의 지향성을 통해 대상을 내면에서 새롭게 구성해 가는 모습을 잘 보여 준다. 시에서 느껴지듯 "피아노에 앉은 / 여자"는 '있음'의 세계에 주어진 일상적 존재에 지나지 않는다. 그것은 시인의 주변에서 흔히 볼 수 있는 객관적 대상에 불과하다. 하지만 그 대상에 시인의 의식이 투사되었을 때 여자의 손가락은 "열 마리씩 / 스무 마리씩 / 신선한 물고기"가 되어 새로운 의미로 의식 속에서 구성된다. 건반을 두드리며 활발하게 움직이는 여자의 가녀린 손가락이 시인의 의식지향을 통해 싱싱한 활어처럼 생동감 있게 비춰지는 것이다. 또한 피아노의 격렬하고 생기 넘치는 선율 역시 "튀는 빛의 꼬리를 물고 / 쏟아진다"에서처럼 공감각적인 생동감으로 시인의 의식 속에서 참신하게 떠오른다.

이 활발한 의식작용과 자유로운 연상을 통해 피아노의 선율이 울리는 공간은 '바다'의 이미지와 연결된다. 그리고 바다에서 시퍼런 파도가 포말을 일으키며 치솟는 것같이 피아노의 선율 역시 "파도의 칼날 하나를 / 집어 들"어 깊은 감동으로 시인의 가슴에 꽂힌다. 결국 시인은 생활 속에서 접하는 일상적 대상을 의식의 지향성이라는 현상학적 세계로 이끌어내어 새로운 의미로 인식하고자 한 것이다.

그런데 '있음'의 세계에 주어진 대상을 의식 반성을 거쳐 새롭게 '이루어 감'은 결코 쉬운 일이 아니다. 그것은 대상과의 팽팽한 긴장감과 더불어 시인의 고뇌를 요구한다.

> 오렌지에 아무도 손을 댈 순 없다. / 오렌지는 여기 있는 이대로의 오렌지다. / 더도 덜도 아닌 오렌지다. / 내가 보는 오렌지가 나를 보고 있다. // 마음만 낸다면 나도 / 오렌지의 포들한 껍질을 벗길 수 있다. / …(중략)… // 그러나 오렌지에 아무도 손을 댈 순 없다. / 대는 순간 / 오렌지는 이미 오렌지가 아니고 만다. / 내가 보는 오렌지가 나를 보고 있다. // …(중략)… // 나는 지금 위험한 상태다. / …(중략)… // 그러나 다음 순간, / 오렌지의 포들한 껍질에 / 한없이 어진 그림자가 비치고 있다. / 누구인지 잘은 아직 몰라도.
>
> - 신동집, 「오렌지」 부분

'오렌지'로 표상된 대상은 "여기 있는 이대로의 오렌지"에서처럼 '있음'의 세계에 주어진 관습적, 객관적 사물이다. 그것은 '나'의 의식과 무관하게 과거부터 있어 왔고 지금도 그 자리에서 어떤 빛깔과 형태로 존재하고 있다. 하지만 은폐되어 있는 이 오렌지에 시인의 눈길이 닿는 순간, 오렌지도 '나'를 보면서 어떤 의미를 드러내기를 꿈꾼다. 서로 응시하고 있는 이 관계에서 팽팽한 긴장감마저 느껴진다.

물론 대상을 일상의 단순한 시각으로만 접근하여 이해하기란 그렇게 어렵지 않다. "마음만 낸다면" 시인은 그 오렌지의 "포들한 껍질을 벗길 수 있"다. 그러나 그것은 오렌지에 대한 관습적 지식에 불과하다. '나'의 의식에서 구성되는 근원적인 존재 이해가 아니라, '있음'의 세계에서 경험한 오렌지에 대한 통념을 이해한 것뿐이다. 그래서 시인은 선불리 오렌지에 손을 댈 수 없다고 한다. 그렇게 하는 순간 "오렌지는 이미 오렌지가 아니고" 말기 때문이다. 시시각각 활발하게 작용하는 의식의 지향성을 통해 존재를 이해한다는 것이 얼마나 어려운 일인가. 이 어려움, 이 고뇌를 시인은 "나는 지금 위험한 상태다"라고 고백하고 있다. 그럼에도 불구하고 시인은 "한없이 어진 그림자"를 드리우며 나타날 오렌지의 본질을 끝없이 기다리고 있다.

3. 주체적 시간성과 새로운 열림

대상에 대한 이 같은 의식의 지향성은 주체적 시간성과 불가분의 관계를 가진다. 주체적 시간성이란 시인이 자신에게 주어진 일상적 시간성에서 일탈하여, 스스로의 의식 속에 창조적 시간성을 구성하고자 하는 것이다. 그러므로 시인이 어떤 대상의 본질을 파악하려 한다는 것은 결국 그 대상을 주체적 시간성 속에서 이해하려 한 것과 다르지 않다. 이 지향성은 시간성으로 볼 때 '미래를 통한, 과거에 비추어 본 현재'를 드러내는 의식 활동이다. 따라서 시인이라면 앞에서 언급한 '손목시계'를 의식이 고정된 '현재'의 시점에만 가두어 이해하려고 하지 않을 것이다. 그는 그것을 미래적 상상력과 과거의 기억이 함께 작용하는 '지금'이라는 통각적統覺的 시점에서, 그리고 끊임없이 그 사물이 의식 속에서 현성화現成化되는 시점에서 그 의미를 이해하려 할 것이다.

이러한 주체적 시간성은 대상이 지닌 현재의 고정 상태에서 벗어나 그 대상의 본질을 상투화된 경험적 시간을 초월한 내면의 빛으로 비춰 보려는 것이다. 시인이 존재의 온전한 이해를 위해서는 대상의 관습화된 통념에서 벗어나 매 순간 새로운 의미를 이루어 가지 않으면 안 된다.

대상에 대한 이러한 주체적 인식은 다음 시를 통해서도 확인해 볼 수 있다.

깨진 그릇은 / 칼날이 된다. // 절제와 균형의 중심에서 / 빗나간 힘, / 부서진 원圓은 모를 세우고 / 이성理性의 차가운 / 눈을 뜨게 한다. // 맹목의 사랑을 노리는 / 사금파리여 / 지금 나는 맨발이다. / 베어지기를 기다리는 / 살이다. / 상처 깊숙이서 성숙하는 혼魂 // 깨진 그릇은 / 칼날이 된다. / 무엇이나 깨진 것은 / 칼이 된다.

- 오세영, 「그릇 1」 전문

시인은 매일 식사를 할 때 사용하는 '그릇'을 바라본다. '있음'의 세계에 평범하게 주어진 그릇은 단지 음식을 담는 도구에 불과하다. 하지만 그 그릇이 바닥에 떨어져 부서지게 되는 순간, 시인은 그때를 놓치지 않고 의식의 빛을 투영한다. 원래 둥글다는 것은 원만하고 충만된, 이데아를 지향하는 세계를 상징한다. 이 원형은 어느 곳에서나 반지름이 동일한 "절제와 균형의 중심"에 있는 세계이다. 이 원형이 "빗나간 힘"에 의해 깨어져 파편화될 때 타자에게 위협이 될 수 있는 위험한 도구로 변형된다.

이 변형은 "깨진 그릇은 / 칼날이 된다"에서처럼 공격적이고 파토스적이다. 그런데 '그릇→깨진 조각'으로 사물의 형태가 변화되는 순간, 그것은 주체적 시간성 속에서 시인의 의식 속에 새로운 의미체로 구성된다. 비록 그릇은 산산조각 났지만 "부서진 원圓은 모를 세우고 / 이성理性의 차가운 / 눈을 뜨게 한다"는 것을 시인은 깨닫는다. 그러므로 그 깨어짐을 시인은 일상적 시간 속에서 느끼는 단순한 파괴가 아니라, 주체적 시간성 속에서 터득된 새로운 '열림'으로 이해하려 한다. 파괴가 곧 창조라는 역설처럼 "맹목의 사랑을 노리는 / 사금파리"에 맨살이 베어질 때, 시인은 오히려 "상처 깊숙이서 성숙하는 혼魂"을 느끼게 된다.

그러므로 깨진 그릇의 '칼날'은 육신의 상처이자 내적 성장과 영혼의

해방이라는 모순된 의미를 동시에 함유한다. 그릇은 진흙으로 빚어진 것, 그것은 깨어지기 쉽지만 다시 반죽되어 새로운 도구로 재생되기도 어렵지 않다. 이것이 그릇이 지닌 본성이다. 깨어짐이 없으면 재생도 열림도 없듯이 '사금파리'에 찔리는 상처 없이는 영혼의 성숙도 없다는 것을 시인은 통찰하고 있다. 따라서 시인은 깨진 그릇이라는 대상을 통해 누구도 삶의 상처에서 벗어날 수 없지만, 그 상처가 도리어 인간의 내적 성숙을 위한 축복이 될 수도 있다는 실존의 모순을 일깨워 주고 있다. 이 일깨움은 본질 직관을 꿈꾸며 인간 존재의 뒤틀린 운명을 미리 꿰뚫어 보려는 시인의 주체적 시간성 때문에 가능한 것이다.

4. 시인은 귀향하는 자

자아의 바깥에 주어진 세계는 고착화된 '현재'의 상태에만 머물러 있지 않고, 시인의 의식 속에서 부단히 현성화하면서 새로운 의미를 지닌 존재로 거듭나려 한다. 정태적 시간이나 관습화된 '나'로부터 부단히 벗어나 주체적 시간성을 꿈꾸는 것, 그것은 바로 대상의 근원으로 돌아가고자 하는 귀향 의식을 나타낸 것이다. 이 귀향 의식이야말로 실존적으로 볼 때, 내면의 부름에 응답하여 본질적 자아를 회복하려는 몸짓이다.

나의 지식이 독한 회의懷疑를 구하지 못하고 / 내 또한 삶의 애증愛

憎을 다 짐지지 못하여 / 병든 나무처럼 생명이 부대낄 때 / 저 머나먼 아라비아의 사막으로 나는 가자. // 거기는 한 번 뜬 백일白日이 불사신같이 작열하고 / 일체가 모래 속에 사멸한 영겁永劫의 허적虛寂에 / …(중략)… // 운명처럼 반드시 '나'와 대면對面하게 될지니 / 하여 '나'란, 나의 생명이란 / 그 원시의 본연本然한 자태를 다시 배우지 못하거든 / 차라리 나는 어느 사구沙丘에 회한 없는 백골을 쪼이리라.

- 유치환, 「생명의 서書」 부분

시인은 심각한 번민에 사로잡혀 있다. 그는 스스로의 '지식'으로도 삶의 "독한 회의懷疑를 구하지 못하"고 있음을 토로하고 있다. 이 부정 의식은 '애증愛憎'이 교차하는 생의 본질적인 문제를 해결하지 못하는 괴로움에서 비롯된 것이다. 그래서 '병든 나무'처럼 생명이 힘에 부대껴할 때 그는 '아라비아의 사막'으로 자신의 실존을 과감히 기투企投한다.

그런데 왜 하필이면 사막일까? 그 해답은 역설적 관계를 통해 얻을 수 있다. 이 사막이 "일체가 모래 속에 사멸한 영겁永劫의 허적虛寂"에서처럼 소멸과 죽음만이 있는 절대고독의 황량한 곳이지만, 본연의 '나'와 대면할 수 있는 자아 회복의 공간이기도 하기 때문이다. 따라서 사막으로의 실존적 기투는 내면의 부름에 대한 응답이다. 그것은 또한 일상의 무의미와 관습화된 '나'로부터 벗어나 주체적 시간성과 참된 자아를 복원하려는 시인의 강렬한 염원을 나타낸다. 이 사막에서 시인은 "운명처럼 반드시 '나'와 대면對面"하면서 근원적인 "원시의 본연本然한" 자아를 되찾고자 한다. 이 간절한 소망이야말로 일상적 자아에서 각존적覺存的 자아로 되돌아가려는 꿈이며, 진정한 자기동일성을 회복하려는 존재론적 귀향 의지인 것이다.

그렇다. 하이데거는 말한다. "시인은 원래 귀향하는 자*der Dichter ist die Heimkunft*"[4]라고.

---

4) 그리스도교 철학연구소 편, 앞의 책, p.95.

죽음, 한계상황, 초월 의지

- 초월의 미학

1.

인간은 이성을 통해 스스로의 삶을 제어하면서 살아간다. 하지만 이성에 대한 이런 신뢰는 전쟁과 생존 투쟁, 질병과 죽음, 온갖 자연재해라는 극한 상황에 부딪치게 될 때 무력하게 무너지고 만다. 에토스의 세계에서 이성적 사고를 구현하며 살던 인간은 파토스의 세계를 경험한 뒤부터는 찢어진 이성의 포장지 앞에 좌절하게 된다. 인간의 이성으로도 어쩔 수 없는 것, 그것이 바로 칼 야스퍼스(1883~1969)가 말한 '한계상황'이다. 야스퍼스는 이 한계상황에서 인간이 비로소 실존적 각성을 한다고 보았다. 이성 속에 감춰진 거짓 자아가 아니라 참된 자아를 이 극한 정황 속에서 깨닫게 되는 것이다. 그런데 이 한계상황을 극복하려면 이성이나 지성이 아니라 존재 초월(비약)의 의지가 필요하다고 그는 보았다. 그 초월 의지는 이성의 구속에 얽매이지 않는 비결정적 자유 의지이다.

이 같은 실존의 극한 처지성과 한계상황은 예술작품에서도 잘 드러난다. 그중에서도 바로크 시대의 천재 화가 귀도 레니(1575~1642)가 그린 초상화「베아트리체 첸지」가 주목된다. 그림의 주인공인 소녀는 로마 귀족의 딸로서, 악마 같은 친부親父에게 8년간 성적 학대를 당한다. 더 이상 참지 못한 소녀는 어머니, 오빠 등과 모의한 뒤 친부를 살해하게 되는데, 그 죄 때문에 단두대로 끌려가 참수를 당한다.

이때 죽음의 형장으로 끌려가면서 뒤를 잠깐 돌아보는 소녀의 앳된 모습이 큰 충격을 준다. 죽음이라는 극한 한계상황 앞에서 그녀가 보여준 얼굴 표정은 천사와 같이 순수한 모습이다. 모든 것을 초월한 듯한, 세상에 대한 원망을 사랑과 용서로 승화시킨 듯한 그 표정은 깊은 감동을 주기에 충분하다.

이탈리아의 산타크로체 성당(피렌체 소재)에서 이 그림을 본 프랑스 작가 스탕달이 호흡곤란에 빠졌다 하여 이른바 '스탕달 증후군'이라는 말이 생길 정도로 정신적 충격을 주는 작품이다. 그녀의 표정에는 인간의 순결한 본성과 하느님의 자비에 영혼을 완전히 의탁하는 신앙심이 겹쳐 있고, 자아의 완전한 동일성을 회복한 듯한 편안함마저 느껴진다. 이같이 죽음이라는 한계상황 앞에서는 합리적 이성이 아니라 초월적 의지(신앙심)가 작용하여 존재 초극과 영혼의 비약을 실현할 수 있음을 이 그림은 은유해 주고 있다.

죽음이라는 극한 상황에서 보이는 이런 현상은 프랑스의 낭만파 화가 테오도르 제리코(1791~1824)가 그린「메두사호의 뗏목」에서도 잘 간파된다. 400여 명의 이주민을 태우고 아프리카의 세네갈로 향하던 프랑스 군함 메두사호는 망망대해에서 난파(1816)를 당한다. 이때 선장과 선원 등 250여 명은 구명보트로 탈출하지만, 나머지 150여 명의 승객들은 뗏목에 의지해서 표류하게 된다. 12일에 걸친 사투 끝에 범선 아르귀스호에 발견되어 고작 15명만 구조된다. 이 생존자들이 굶주림 때문에 시신을 뜯어 먹었다는 흉흉한 소문도 전해진다.

이처럼 한계상황에 처한 인간의 실존적 모습을 이 그림은 적나라하게 표현하고 있다. 극한 상황에서는 이성이 아니라 정념과 삶의 의지가 실존의 중심에 자리 잡는다. 수평선 멀리 나타난 작은 범선을 향해 표류하는 사람들이 죽을힘을 다해 깃발을 흔들고 손짓을 하는 모습은 암흑 속에서 빛을 발견한 듯한 극적인 장면이다. 자신들이 처한 최악의 조건을 강한 생존 의지로 극복하려는 몸짓과 절규는 전율감마저 준다. 바다에서 표류하는 그들은 죽음이라는 극한 두려움을 신에 대한 간절한 기도로 초극하려 했다. 이 기도를 통해 실낱같은 생존의 희망을 포기하지 않았고 삶의 의지를 다져갔을 것이다. 이렇듯 절대의 한계상황 앞에서는 이성보다 더 강한 초월 의지가 작용하게 되고 실존의 진면목도 함께 드러나게 된다.

2.

그렇다면 문학작품의 경우, 이런 죽음과 연계된 한계상황이 어떤 정서로 나타나고 있을까? 우선 우리의 고전 시가 몇 편을 살펴보기로 하자.

임이여 물을 건너지 마오

임은 결국 물을 건너셨네

물에 빠져 돌아가시니

가신 임을 어이할꼬

-「공무도하가」 전문

『고금주』(중국)와 『해동역사』(조선)에 설화와 함께 수록된 이 시가는 고조선 시대에 지어진 것으로 우리나라 서정시의 원류로 잘 알려져 있다. 원래 우리 말 노래로 불리다가 후대에 한자로 기록된 한역가漢譯歌이다. 4언 4구체의 형식으로 되어있는 이 시가는 '임(남편 백수광부)'이 물에 빠져 죽게 되는 과정을 극적으로 구성해 놓고 있다. 전해지는 설화에 의하면 시적 화자(아내)의 남편은 머리를 풀어 헤친 채 술병을 들고 강물을 건너려 했는데, 화자가 적극 만류했지만 남편은 그만 "물에 빠져 돌아가시"고 만다. 이에 아내는 공후箜篌라는 현악기를 가져와 타며 이 노래를 슬프게 불렀다고 한다.

자신이 죽을 수도 있는 위태로운 상황에서도 남편이 술병을 들고 강물에 뛰어든 것은 이성적인 행위가 아니다. 마치 디오니소스 같은 주신酒神을 연상시키는 남편의 격정은 이성을 망각한 행위처럼 보인다. 또한 남편의 죽음이라는 극한 상황에서도 악기를 연주하며 노래 부르는 아내의 행위 역시 이성적 태도로 받아들여지지 않는다.

그런데 죽음 혹은 생로병사의 운명은 인간의 이성으로 판단하고 제어할 문제가 아니다. 그것은 파토스의 영역에 속하므로 극한 한계상황을 만나면 인간은 누구나 정념에 사로잡히게 되고, 그 상황과 관련된 초감성적 심성이나 무의식의 기제를 작동시킨다. 그래서 아내는 "가신 임을 어이할꼬"에서 보듯 인간의 힘으로는 어찌할 수 없는 남편의 죽음에 대해 체념에 사로잡힌다. 이 체념은 사별의 슬픔을 무의식 속에 억압시켜 정한情恨으로 응고시키는 것이며, 그 한은 궁극적으로 정신적 초월을 통해 비극을 극복하려는 응결체로 읽힌다.

실존적 한계상황과 관련된 이 같은 현상은 신라 향가에서도 확인된다.

서울 밝은 달 아래
밤 깊도록 노닐다가
들어와 잠자리를 보니
다리가 넷이로구나
둘은 내 것이었는데
둘은 누구 것인고
본디 내 것이다마는
빼앗아 간 것을 어찌하리오
-「처용가」 전문

『삼국유사』에 수록된 이 시가는 8구체 형식으로 신라 헌강왕 때 지어진 축사逐邪의 노래이다. 배경 설화를 보면 '처용'이 어느 날 밤늦도록 놀다가 집에 돌아와 보니 아내가 다른 남자(역신疫神)와 동침하고 있었다. 이 장면을 목격한 처용은 화를 내지 않고 처용가를 부르고 춤을 추니 그 역신이 용서를 빌며 물러갔다고 한다.

그렇다면 아내를 범한 그 역신은 과연 누구일까? 여기서 '역疫'은 전염병을 뜻하며 역신은 전염병을 퍼뜨리는 귀신이다. 그러므로 역신이 아내를 범했다는 것은 아내가 전염병에 걸렸다는 것을 의미한다. 이 전염병은 헌강왕 때 크게 유행한 천연두(마마)인데, 치사율이 높고 전염성도 아주 강하며 후유증도 심한 병이다. 이로 미뤄보면 처용의 아내는 천연두에 걸린 것이다. 죽음이라는 극한 상황에 처한 채 사경을 헤매고 있는 아내 앞에서는 어떤 지성이나 이성도 해결의 수단이 될 수 없음을 처용은 느꼈을 것이다. 그래서 처용은 춤을 춘다. 이 춤은 죽음을 물리치기 위한 초월적 몸짓이자 아내의 치유를 간절히 갈망하는 정념의 율동이다. 인간의 힘으로서는 감당할 수 없는 한계상황을 처용은 그렇게 초월적 의지를 통해 통과하려 한 것이다.

남녀 애정과 관련된 고려 속요도 이런 맥락에서 눈여겨 볼만하다.

어름 우희 댓닙자리 보와 님과 나와 어러주글망뎡
어름 우희 댓닙자리 보와 님과 나와 어러주글망뎡
정情둔 오늘밤 더듸 새오시라 더듸 새오시라
-「만전춘 별사」 부분

이 시가는 이른바 남녀상열지사(남녀애정)로 분류되어 조선시대에는 배척되는 수모를 겪기도 한 노래이다. 그런데 이 시가는 죽음이라는 상황을 설정하여 남녀 간의 사랑을 감동적으로 표현하고 있음이 인상 깊다. "어름 우희 댓닙자리 보와 님과 나와 어러주글망뎡"이라는 구절을 두 번이나 반복하는 데서 느껴지듯 시의 배경이 엄동설한의 밤, 그것도 차가운 얼음 위라는 극한 상황으로 설정되어 있다.

이런 처지에서 얇은 댓자리 하나 깔아놓고 죽음을 불사하면서까지 임과 사랑을 나누고 싶다는 화자의 소망에서 결기마저 느껴진다. 어떤 극한 상황이 오더라도 화자는 지성이나 이성이 아니라 '정情'이라는 방어기제로 그 정황을 극복하려 한다. 이 의지는 누구의 강요도 아닌 실존의 주체적 결단에서 나온다. 혹독한 추위, 그 차가운 결빙結氷 위에서 '나'는 "정情둔 오늘밤 더듸 새오시라…"에서처럼 임과의 변치 않는 정을 통해 그 한계상황을 견뎌가려는 초월 의지를 보여 준다.

죽음이라는 극한 상황과 관련된 초월 의지는 현대 소설(단편) 중에서도 포착된다.

눈에 함빡 쌓인 흰 둑길이다. 오! 이 둑길…… 몇 사람이나 이 둑길을 걸었을 거냐……. 훤칠히 트인 벌판 너머로 마주 선 언덕, 흰 눈이다. 가슴이 탁 트이는 것 같다. 똑바로 걸어가시오. 남쪽으로 내닫는 길이오. 그처럼 가고 싶어하던 길이니 유감 없을 거요. 걸음마다 흰 눈 위에 발자국이 따른다. 한 걸음 두 걸음, 정확히 걸어야 한다. 사수射

手 준비! 총탄 재는 소리가 바람처럼 차갑다. 눈 앞에 흰 눈뿐, 아무것도 없다. 이제 모든 것은 끝난다. 끝나는 그 순간까지 정확히 끝을 맺어야 한다. 끝나는 일 초 일 각까지 나를, 자기를 잊어서는 안 된다.

- 오상원, 「유예」 부분

이 소설은 6·25동란을 배경으로 하고 있다. 주인공 '그'가 국군 소대장으로 전장戰場에 투입되었다가 소대원 대부분을 잃어버리고 나중에 인민군의 포로가 되어 총살을 당한다는 가상의 스토리이다. 주인공이 한 시간 뒤면 눈 내린 벌판 위에서 처형당하는 장면을 의식의 흐름 기법으로 표현하고 있는 이 소설은 전쟁의 비극과 부조리, 실존의 무의미와 허무의식을 감동적으로 전해주고 있다. 특히 "눈에 함빡 쌓인 흰 둑길"은 '그'의 총살과 맞물려 더욱 비정하고 차갑게 느껴지는 객관적 상관물이다.

총살이라는 이 절체절명의 극한 상황 앞에서도 '그'는 "한 걸음 두 걸음, 정확히 걸어야 한다"라고 되뇌며 인간의 존엄성을 마지막까지 잃지 않으려고 한다. 마침내 "사수射手 준비! 총탄 재는 소리"가 들리는 그 찰라, '그'에게 보이는 세계는 "흰 눈뿐, 아무것도 없다." 지성과 이성으로 채색된 에토스의 세계가 아니라 다만 하얀 눈으로 뒤덮인 정념의 세계밖에 보이지 않는다. 이제 죽음이라는 그 극한의 공포 앞에 '그'는 인식의 초월을 시도하지 않으면 안 된다. 이 초월은 인간의 한계상황을 부단히 극복하려는 실존의 의지이자 정신작용이다. 그래서 '그'는 "끝나는 일 초 일각까지 나를, 자기를 잊어서는 안 된다"라고 되뇌면서 실존의 주체성을 끝까지 망각하지 않으려고 한다. 자신의 죽음 직전 '그'는 무참한 살육이 자행되는 이 비극적 전쟁에서 '인간의 이성이란 도대체 무엇인가?'라고 끝없이 물음을 던졌을 것이다.

우리의 현대시사現代詩史에서도 이런 극한 상황과 관련된 시가 산견되는데, 그중 일제 치하라는 시대적 한계상황을 나타내는 시가 먼저 주목된다.

> 매운 계절의 채찍에 갈겨 / 마침내 북방으로 휩쓸려 오다. // 하늘도 그만 지쳐 끝난 고원高原 / 서릿발 칼날진 그 위에 서다. // 어데다 무릎을 끓어야 하나 / 한 발 재겨 디딜 곳조차 없다. // 이러매 눈 감아 생각해 볼밖에 / 겨울은 강철로 된 무지갠가 보다.
>
> – 이육사, 「절정」 전문

《문장》(1940)에 발표된 바 있는 이 시는 일제강점기 혹독한 탄압의 현실을 정신적으로 초극하려는 시인의 의지를 잘 표현해 주고 있다. 기·승·전·결의 한시 구조를 근간으로 하여 이 시는 '북방'이라는 수평적 구조와 '고원'이라는 수직적 구조가 교차되는 얼개를 보이고 있다. "매운 계절의 채찍"에서 느껴지듯 1940년대는 일제가 태평양전쟁을 일으키며 우리 민족에 대한 탄압을 고조시키던 때였다. 황국신민화와 민족말살 정책이 극에 다다른 이 시기에 시인은 더 이상 갈 곳 없는 북방의 고원

지대로 쫓겨가 "서릿발 칼날진 그 위"에 서게 된다. 이 위태로운 칼날 위는 "어데다 무릎을 꿇어야 하나 / 한 발 재겨 디딜 곳조차 없다"에서 보듯 극한 상황을 상징한다.

이 처지에서 시인은 어떤 실존적 결단을 해야 한다. 하지만 일제의 강력한 무력에 혼자의 힘으로 대항하기에는 역부족이다. 그래서 시인은 " 이러매 눈 감아 생각해" 보면서 잠시 정신을 가다듬는다. 일제에 맹목적으로 저항할 수도 굴복할 수도 없는 현실 앞에서 그는 마침내 정신적 초월을 선택한다. 그래서 "겨울은 강철로 된 무지갠가 보다"라는 역설적 표현에서처럼 가혹한 현실에 '무지개'라는 희망의 이미지를 끌어들여 정신적 초월 의지를 표명하고 있다. 인간의 이성으로 제어할 수 없는 가혹한 처지성을 시인은 정신적 상승 의지를 통해 극복하려 한 것이다.

끝으로 개인의 실존적 한계상황을 나타내는 시도 관심을 환기한다.

> 여명黎明에서 종이 울린다. / 새벽 별이 반짝이고 사람들이 같이 산다. / …(중략)… / 오는 사람이 내게로 오고 / 가는 사람이 다 내게서 간다. // 아픔에 하늘이 무너졌다. / 깨진 그 하늘이 아물 때에도 / 가슴에 뼈가 서지 못해서 / 푸른 빛은 장마에 / 넘쳐 흐르는 흐린 강물 위에 떠서 황야荒野에 갔다. // 나는 무너지는 둑에 혼자 섰다. / 기슴에는 채송화가 무더기로 피어서 / 생의 감각을 흔들어 주었다.
>
> – 김광섭, 「생의 감각」 부분

《현대문학》(1967)에 발표되었던 이 시는 시인이 직접 체험한 투병의 고통과 재생의 과정을 잘 형상화하고 있다. 시인은 1965년 뇌일혈로 쓰러져 사경을 헤매다가 다시 소생한 경험을 진지한 육성으로 들려준다. "여명黎明에서 종이 울린다. / 새벽 별이 반짝이고…"에서 느껴지듯 시인은 자신의 생명이 다시 소생했다는 것을 감각적으로 환기해 주고 있다. 깨어나 보니 생명이 얼마나 소중한가, '나'라는 개체가 얼마나 유의미한 존재인가를 그는 깊이 통찰한다. 그런 생각은 "오는 사람이 내게로 오고 / 가는 사람이 다 내게서 간다"라는 구절에서 여실히 드러난다. '내'가 바로 세계의 중심이며 '내'가 존재해야 세상도 존재할 수 있다는 실존 의식을 강하게 느낀 것이다. 이런 의식은 "아픔에 하늘이 무너졌다"라는 극한 한계상황을 그가 체험했기 때문이다.

죽음이라는 절대의 운명 앞에서는 "가슴에 뼈가 서지 못"하듯 어떤 지성이나 이성적 사고로도 그 절박함을 극복할 수 없다. 그래서 '푸른 빛(삶의 희망)'이 "장마에 넘쳐 흐르는 흐린 강물 위에 떠서 황야荒野"로 떠내려가듯이 호모 사피엔스로서의 슬기로운 인간도 죽음 앞에서는 좌절하고 만다. 이 죽음 앞에서 시인이 "나는 무너지는 둑에 혼자 섰다"라고 고백하는 것처럼 신 앞의 단독자임을 깊이 깨닫는다. 죽음에 직면해서는 누구의 위안도 무용無用하다. 오직 '나'와 운명(절대자)만이 절대의 고독 속에서 서로 마주 보며 서 있을 뿐이다.

이와 같은 깨달음이 바로 실존적 인간으로서 삶과 죽음에 대한 통찰이다. 이 깨달음의 순간, 시인은 "기슭에는 채송화가 무더기로 피어서 / 생의 감각을 흔들어 주"고 있음을 발견한다. 죽음의 절망을 초극하는 데 힘이 되어 준 것은 어떤 지성이나 합리적 이론이 아니라 '채송화'라는 작은 생명체(자연물)이다. 그 채송화가 굳어버린 '생의 감각'에 다시 피를 돌게 하면서 시인에게 생명 의식과 생의 소중함을 일깨워 주는 것이다.

3.

자아의 참된 동일성을 망각한 채 일상적 삶을 영위해 가는 사람들은 불현듯 죽음이라는 운명과 마주칠 때 자신의 실존을 각성한다. 이 죽음이라는 극한 상황 앞에 직면하게 되면 인간은 자신의 이성으로는 제어할 수 없는 불가항력적인 힘이 이 세계에 존재하고 있음을 깊이 느낀다. 이 한계상황을 극복하기 위해서는 정신적 초월 의지가 요구된다. 이 의지는 삶과 죽음에 대한 인식을 뛰어넘게 하는 창조적 비약이며, 인간의 무의식 속에 잠동潛動하고 있는 정신의 활력소이다. 문학, 회화 등 많은 예술작품들에는 이 초월 의지를 통해 인간의 비극적 운명을 극복하려는 모습이 적지 않게 목격된다. 이런 예술작품들을 통해 우리는 사유하는 인간이 아니라 실존하는 인간의 모습을 생생히, 그리고 감동적으로 만난다.

네 개의 창窓으로 열어본 시학

- 존재의 열림·상상력·시의 숨결·이미지의 힘

1. '번쩍', 에피파니와 시의 탄생

에피파니*epiphany*는 원래 그리스도교의 용어로서 '예수 공현'을 뜻한다. 아기 예수의 탄생을 알리며 밤하늘의 별이 이방 민족인 동방 박사들에게 갑자기 나타났을 때, 그들은 이 별의 인도를 따라 아기 예수를 찾고 경배드림으로써, 그리스도가 온 세상의 빛으로 계시되었음을 세상에 알리게 된 것이다. 시의 경우, 이 에피파니는 시인이 일상 속에서 특정한 한 대상을 통해 불현듯 느끼고 깨닫는 '돌연한 정신적 체험'을 의미한다. 시인 주변에는 언제나 일상의 평범한 대상-존재자-들이 널려있다. 이 대상들 중에서 어느 하나가 갑자기 '번쩍' 하고 불빛을 일으키며 관심을 집중시킬 때, 그것을 바라본 시인의 마음은 놀라움에 사로잡힌다. 따라서 서정시는 대상을 바라보던 시인의 '아!' 하는 내적 탄성과 더불어 탄생한다.

열치매

나타난 달이

흰 구름 좇아 떠가는 것 아니냐

새파란 냇가에

기랑耆郞의 모습이 있어라

이로부터 냇가 조약돌에

낭이 지니시던

마음의 끝을 좇고 싶어라

아으, 잣가지 높아

서리* 모르시올 화반花判*이여

– 충담사, 「찬기파랑가」 전문

* 서리 : 시련

* 화반 : 화랑의 우두머리

10구체 향가인 이 시가는 세상을 떠난 '기랑耆郞'이라는 화랑도의 우두머리를 추모하는 노래이다. 그런데 시의 화자는 갑자기 "열치매 / 나타난 달"에서 보듯 흰 구름을 헤치고 밤하늘에서 모습을 내민 달을 보고 에피파니 현상을 체험한다. 일상적 대상이 어느 한순간 닫힌 존재의 문을 활짝 열어줄 때 시인도 그 대상을 바라보며 어떤 영감에 사로잡힌다. 이 시가에서도 화자가 구름을 헤치고 불현듯 나타난 둥근 달을 보는 순간, 그것을 통해 정신적 계시를 체험한다. 즉 그 달의 존재 현시顯示를 통해 에피파니 이전의 관습적 의미가 아니라 시인의 의식 속에 특별한 의미가 새롭게 구성된다. 그래서 달은 단순한 천체로서의 의미가 아니라 시적 화자의 내면에 '기랑耆郞의 모습(흠모의 대상)'으로 떠오른다. 이뿐만 아니라 그 달은 '조약돌(원만한 인격체)', '잣가지(높은 기상)' 등의 이미지로 파생되어 가면서 '기랑'과 연관된 정신적 의미를 화자의 의식 속에 열어주고 있다.

이 같은 현상은 다음 현대시에서도 예외가 아니다.

> 눈은 살아 있다. / 떨어진 눈은 살아 있다. / 마당 위에 떨어진 눈은 살아 있다. // 기침을 하자. / 젊은 시인이여 기침을 하자. / …(중략)… // 눈은 살아 있다. / 죽음을 잊어버린 영혼과 육체를 위하여 / 눈은 새벽이 지나도록 살아 있다. // 기침을 하자. / 젊은 시인이여 기침을 하자. / 눈을 바라보며 / 밤새도록 고인 가슴의 가래라도 / 마음껏 뱉자.
>
> - 김수영, 「눈」 부분

시인이 아침에 잠을 깨어 마당을 보니 하얀 눈이 쌓였다. 그 눈은 에피파니처럼 시인에게 불현듯 어떤 계시를 던져준다. 그 순간 시인은 백설을 바라보며 "눈은 살아 있다 / 떨어진 눈은 살아 있다"라고 격정적으로 토로한다. 시인의 눈에 섬광처럼 비친 그 '눈'은 스스로의 존재 열림을 통해 단순한 자연물이 아닌, 정신적 깨달음으로 이끄는 대상으로 느껴진다. 시인은 이 눈을 통해 인간의 순수함과 추악한 욕망을 대비시키면서 시의 주제 의식을 강화해 주고 있다.

그는 눈을 바라보며 "젊은 시인이여 침을 하자", "밤새도록 고인 가슴의 가래라도 / 마음껏 뱉자"라고 하면서 "죽음을 잊어버린 영혼과 육체"라는 영원불멸의 순수성을 사유한다. 한 자연물과의 경이로운 만남을 통해 시인은 이같이 돌연한 정신적 체험을 하게 되는 것이다. 이러한 현상은 허공에 갑자기 나타난 무지개를 바라보며 "하늘의 무지개를 볼 때마다 / 내 가슴 설레느니"(워즈워스, 「무지개」)라고 감탄하는 것이나, 여산廬山의 웅장한 폭포를 보고 "비류직하삼천척飛流直下三千尺"(이백, 「망여산폭포」)이라고 감탄하는 데서도 잘 드러난다. 이와 같이 어느 날 갑자기 목도되는 존재의 열림은 시인의 가슴에 번쩍, 하면서 어떤 정신적 깨달음을 섬광처럼 비춰준다.

2. 시, '물체'를 건너 '물질'로

20세기의 위대한 상상력의 철학자로 잘 알려진 G. 바슐라르(1884~1962)는 '물체'와 '물질'을 구분하여 설명하고 있다. 그에 의하면 인간이 깊게 꿈꾸기 위해서는 물체가 아니라 물질을 통해서라고 했다. 그렇다면 물체와 물질은 그 성격이 어떻게 다른가? 물체는 구체적인 형태로 주어지는 존재자들이다. 이 물체는 형태적 이미지만을 지닌 것이므로 그것을 통해서는 그 본질을 이해할 수 없다. 왜냐하면 물체는 모양과 색채를 지닌 객관적 형상에 불과하므로 외형적, 즉물적, 일차적 의미만을 주기 때문이다.

이 물체가 그 본질적 의미를 드러내기 위해서는 그 속에 시인의 상상력이 스며들어야 한다. 그러므로 이 상상력에 의해 물체는 물질로 시인의 의식 속에서 새롭게 탄생한다. 이 상상력을 바슐라르는 '물질적 상상력'이라고 했다. 그러므로 물질은 물체와 달리, 그 물체의 재료 속에 시인의 무한한 상상력, 꿈, 의지, 순수 욕망 등이 내장된 정신적 질료이다. 따라서 시인은 어떤 대상을 보고 그것을 객관적 이미지로서만 나타내는 것이 아니라, 그 대상 속에 잠재된 물질적 상상력을 이끌어내고자 한다. 이 예술적 상상력은 시·공을 초월하는 것이어서 사물의 외형만을 그리는 형사形似가 아니라, 그 사물의 이면에 스민 정신세계를 표현하려는 신사神似의 경지로까지 나아가게 한다.

당한셔唐漢書 장로ᄌᆞ莊老子 한류문집韓柳文集
니두집李杜集 난ᄃᆡ집蘭臺集 빅락텬집白樂天集
모시샹셔毛詩尙書 쥬역츈츄周易春秋 주ᄃᆡ례긔周戴禮記
위 주註조쳐 내 외읁* 경景 긔 엇더ᄒᆞ니잇고
- 한림제유, 「한림별곡翰林別曲」 부분

* 외읁 : 외우는

이 시가는 고려 중엽에 등장한 경기체가(全 8장)이다. 한림원에서 왕명을 받들어 일하는 한림(선비)들이 지은 이 시가는 당시 이들의 독서에 대한 열성과 자부심을 잘 나타내고 있다. 이 시가에는 당대 선비들이 애독하던 '당한서唐漢書(당나라와 한나라의 책)', '장로さ莊老子(장자와 노자)', '한류문집韓柳文集(한유와 유종원의 문집)', '니두집李杜集(이백과 두보의 시집)' 등 중국의 유명 서적들이 나열되어 있다.

그런데 이 시가는 정서적 감동과는 거리가 멀다. 왜냐하면 서적의 단순 나열을 통한 객관적 사실이나 한림들의 과시욕만 보일 뿐, 어떤 꿈이나 상상력도 작용하지 않고 있기 때문이다. 즉 물체만 있을 뿐 물질적 상상력이 보이지 않는다. 이점은 이 작품이 서정 갈래와는 달리, 작품 외적 세계의 개입을 통해 시적 자아가 객관적 사실을 있는 그대로 받아들여야 하는 교술 갈래로서의 특징을 보여주고 있기 때문이다. 그래서 형태적 이미지들의 단순 나열로 인해 이 노래는 생의 깊은 울림을 반향해주지 못하고 있다. 이것이 이 시가가 지닌 한계이다.

이에 비해 다음 시는 그 대척점에서 읽혀질 수 있다.

- MENU -

샤를로 보들레르	800원
칼 샌드버그	800원
프란츠 카프카	800원
이브 본느프와	1,000원

예리카 종	1,000원
가스통 바슐라르	1,200원
이하브 핫산	1,200원
제레미 리프킨	1,200원
위르겐 하버마스	1,200원

시를 공부하겠다는

미친 제자와 앉아

커피를 마신다

제일 값싼

프란츠 카프카

- 오규원, 「프란츠카프카」 전문

일반적인 서정시의 형식에서 벗어나 참신한 기법을 보여주고 있는 이 시는 구체시*concrete poetry* 혹은 시각시*visual poetry*의 뉘앙스를 은근히 풍기고 있다. 'MENU'라는 항목 아래 서구의 유명한 문인들과 철학자들의 이름이 카페의 음료처럼 나열되어 요금이 매겨져 있는 것이 신선한 충격을 준다. 사람을 물체처럼 취급하여 나열하는 방법에서는 위의 「한림별곡」과 유사성을 지닌다. 하지만 이 시는 단순히 이름을 펼쳐놓으려고 하는 데 그 목적을 둔 게 아니다. 시인은 이 열거된 이름들에 대해 상징의 옷을 입힘으로써 적극적 상상력을 작용시키고 있다. 즉 그 이름들 옆에 각각 값을 매겨놓음으로써 물질적 상상력의 불꽃을 점화하고 있는 것이다. 그래서 시인은 정신적 가치마저 상품화, 물질화되어 버린 현실에 비판을 보내고 있으며, 그 냉소주의는 "제일 값싼 / 프란츠 카프카"를 주문한 데서 극에 다다른다. 이처럼 시인은 물체 혹은 존재가 지닌 외형적 의미를 벗어나 물질적 상상력의 세계로 나아가기를 꿈꾸는 존재이다. 이 꿈이 바로 순수한 몽상이다.

3. 시로 숨쉬기

시는 쓰이는 것일까? 시의 경우 이 '쓴다'는 말에 조금 거부감이 든다. 시는 시인의 가슴과 숨결에서 우러나오는 것인데, 그것이 단지 숙련된 언어 조작 기술에서 나오는 것이라 생각한다면 왠지 아쉽기만 하다. 그 까닭은 이 '쓴다'라는 서술어는 '입학원서, 증명서, 계약서……' 등 많은 목적어들과 함께 사용될 수 있는데, 시 쓰기도 이들처럼 너무 일상적 행위로 느껴질 수 있기 때문이다. 그래서 시를 쓴다는 것보다 '시로 숨을 쉰다'는 말이 더 신선한 매력을 준다. 우리가 들숨과 날숨으로 날마다 싱그러운 폐활량을 유지해 가듯이, 시 창작 역시 인간의 정신이 화석화되지 않도록 영혼을 맑게 정화하고 일깨워 주는 기능을 한다. 특히 물질문명에 오염된 이 황량한 시대에 시는 훼손되지 않은 자연의 순수성과 천연의 세계로 우리를 이끌어 간다. 따라서 시인은 끊임없이 시로 호흡을 하면서 풀잎 같은 자연의 아들이 되어 자신의 녹색 갈증*biophilia*을 해소하고자 한다.

청산青山도 절로절로 녹수綠水도 절로절로
산山 절로 수水 절로 산수간山水間에 나도 절로
그 중에 절로 ᄌᆞ란 몸이 늙기도 절로절로
- 송시열

이 시조에서 '청산青山'과 '녹수綠水'는 모두 자연을 대유하고 있다. 이 산과 물은 어떤 인위성에도 제어 받지 않은 채, 오직 자연의 묘용妙用과 철리哲理에 따라 "절로절로" 작용하고 있다. 아무런 훼절도 작위성도 없는 자연, 이 "산수간山水間"에 묻혀 시의 화자도 자연의 순리에 따라 살아가고자 한다. 그는 자생자화自生自化를 반복하는 자연의 법칙에 따라 자신도 "절로 ᄌᆞ란 몸이 늙기도 절로절로" 하고 싶다는 소망을 토로하고 있다. 그러므로 이 시조는 화자의 머리를 통해 지어진 것이 아니라, 그의 가슴을 통해 들숨과 날숨으로 호흡된 것이다. 시인은 가슴에서 우러나오는 이 숨결을 그저 붓으로 화선지 위에 받아 적었을 뿐이다. 이같이 시인은 시로써 맑은 숨쉬기를 하면서 자연과 내밀한 교정交情을 실현해 가는 기쁨도 느끼게 되는 것이다. 옛 조상들이 시가를 읊조리면서 이렇게 녹색의 숨을 호흡하려는 태도는 시의 본성이 무엇인가를 새삼 일깨워 준다.

시를 통한 이 푸른 숨쉬기는 현대시에 있어서도 예외가 아니다.

해는 출렁거리는 빛으로 / 내려오며 / 제 빛에 겨워 흘러넘친다. / 모든 초록, 모든 꽃들이 / 왕관이 되어 / 자기의 왕관인 초록과 꽃들에게 / 웃는다. 비유의 아버지답게 / 초록의 샘답게 / 하늘의 푸른 넓이를 다해 웃는다. / 하늘 전체가 그냥 / 기쁨이며 신전神殿이다. // 해여, 푸른 하늘이여. / 그 빛에, 그 공기에 / 취해 찰랑대는 자기의 즙에 겨운, / 공중에 뜬 물인 / 나뭇가지들의 초록 기쁨이여. / …(중략)… / 오, 이 향기 / 싱글거리는 흙의 향기 / 내 코에 댄 깔대기와도 같은 / 하늘의, 향기 / 나무들의 향기!

- 정현종 「초록 기쁨」 - '봄 숲에서' 부분

이 시는 우주와 자연, 그리고 인간이 서로 교향악처럼 멋진 하모니를 이루면서 교감하는 모습을 수채화처럼 그려주고 있다. "출렁거리는 빛"으로 내려오는 '해'는 "제 빛에 겨워 흘러 넘"치면서 숲의 꽃들을 비춰준다. 이때 그 초록의 꽃들은 마치 '왕관'을 쓴 듯 큰 기쁨에 사로잡힌다. 대자연의 이 아름다운 교정交情은 시인으로 하여금 "하늘 전체가 그냥 / 기쁨이며 신전神殿"인 것처럼 느껴지게 한다. 그뿐만 아니라 물오른 나뭇가지들의 기운은 '해-푸른 하늘-빛-공기-흙'과 어우러져 온 우주가 "공중에 뜬 물"같이 싱그러운 '즙'에 물들어 '초록 기쁨'을 누리고 있다.

이때 시인은 봄이 주는 자연의 향기에 흠뻑 취한다. 초목들의 풋풋

한 숨 쉬기가 시인의 숨 쉬기로 전이되어 하나의 숨결로 동화된 것이다. 그래서 시인은 "오, 이 향기 / 싱글거리는 흙의 향기 / 내 코에 댄 깔대기와도 같은 / 하늘의, 향기…"라고 되뇌면서 깊은 감동에 빠져든다. 특히 '내 코에 댄 깔대기'라는 표현에서 느껴지듯 자연의 향기를 마음껏 들이킨다는 것은 자연의 숨결에 시인의 숨결이 완전히 동화되었음을 보여준 것이다.

4. 이미지, 그 척력斥力과 장력張力

고대 그리스 철학자인 엠페도클레스(BC 5세기)는 이 우주가 '물·공기·불·흙'이라는 네 가지 원소元素로 이루어져 있다고 보았다. 그리고 이 원소들이 서로 밀고 당기는 척력과 장력에 의해 물질들이 형성되고 사랑과 미움도 생겨난다고 주장했다. 여기서 주목할 것은 원소이다. 원소는 '만물의 근원이 되는 불변의 구성 요소'를 가리킨다. 이처럼 근원이 되는 구성 요소는 그 몸체에서 가장 중요한 역할을 수행한다.

시의 경우 이 원소 중의 하나가 바로 이미지이다. 시에서는 음률도 중요하지만 독자들의 뇌리에 오랫동안 깊이 각인되는 것은 이미지다. 시는 '시각·청각·후각·미각·촉각'이라는 다섯 가지 이미지의 원소가 작용하여 시의 의미와 주제가 형성된다. 이 중에서도 특히 시각적 이미지는 척력과 장력을 가장 잘 보여주면서 시의 창조적 의미 형성에 이바지한다.

짚방석 내지 마라 낙엽엔들 못 앉으랴

솔불 혀지 마라 어제 진 달 돋아온다

아희야 박주산채薄酒山菜일망정 없다 말고 내어라

- 한호

이 시조는 자연물과 인공물의 대비를 절묘하게 보여주면서 자연 속의 정취와 소박한 삶을 잘 나타내주고 있다. 인위적인 조작이 가해지지 않은 천연 그대로의 자연물은 '낙엽'과 '달'이고, 인간의 기술이 작용한 인공물은 '짚방석'과 '솔불(관솔불)'이다. 이 시각적 이미지들은 대조법과 비교법, 그리고 대구법을 통해 서로 그 정서가 충돌하거나 교류되면서 시의 의미를 심화시켜 주고 있다. 이를테면 '짚방석↔낙엽', '솔불↔달'에는 대조적 성격으로서 서로 밀어내려는 척력斥力이, '짚방석=솔불', '낙엽=달'에는 유사한 성격으로서 서로 끌어당기려는 장력張力이 작용하고 있음이 그것이다. 이처럼 밀어내거나 당기려는 이미지들의 자력磁力은 '박주산채薄酒山菜(막걸리와 산나물)'라는 의미에 모두 집중되어 안빈낙도라는 주제를 형성하는 데 크게 이바지하고 있다.

다음 현대시에서도 이 현상은 잘 목격된다.

제 손으로 만들지 않고 / 한꺼번에 싸게 사서 / 마구 쓰다가 / 망가지면 내다 버리는 / 플라스틱 물건처럼 느껴질 때 / 나는 당장 버스에서 뛰어내리고 싶다. / 현대 아파트가 들어서며 / 홍은동 사거리에서 사라진 / 털보네 대장간을 찾아가고 싶다. / 풀무질로 이글거리는 불 속에 / 시우쇠처럼 나를 달구고 / …(중략)… / 시퍼런 무쇠낫으로 바꾸고 싶다. / 땀 흘리며 두들겨 하나씩 만들어 낸 / 꼬부랑 호미가 되어 / 소나무 자루에 송진을 흘리면서 / 대장간 벽에 걸리고 싶다. / 지금까지 살아온 인생이 / 온통 부끄러워지고 / 직지사 해우소 / 아득한 나락으로 떨어져 내리는 / 똥덩이처럼 느껴질 때 / 나는 가던 길을 멈추고 문득 / 어딘가 걸려 있고 싶다.

- 김광규, 「대장간의 유혹」 부분

이 시는 현대 문명에 대한 비판을 통해 참된 가치를 지닌 삶이란 무엇인가 하는 점을 성찰하게 한다. 오직 편리성과 실용성만을 추구하는 공작품과 현대인이 잃어버린 전통사회의 가치 있는 생산품이 이 시에서는 서로 대비를 이루고 있다. 시인은 이 몰개성과 편리성이 지배하는 시대를 안타까워하면서 "나는 당장 버스에서 뛰어내리고 싶다"라고 토로한다. 이 시에서 보듯 '플라스틱 물건'은 자본주의 사회에서 대량 생산된 소모품이며, '현대 아파트' 역시 인간적 온기를 느낄 수 없는 규격화된 건축물이다. 이것들은 모두 '똥덩이'라는 시각적 이미지로 귀결되면서 시인의 반성을 불러일으키고 있다.

이에 비해 시인이 참된 가치를 지닌 존재로 여기는 것은 "풀무질로 이글거리는 불 속에"서 단련된 '무쇠낫'과 "땀 흘리며 두들겨 하나씩 만들어 낸" 대장간의 '꼬부랑 호미'이다. 이들은 모두 대량 생산된 몰개성적 공작품들이 아니라 '불'의 시련과 인간의 땀방울이라는 극한 통과의례를 거쳐 만들어진 것들이다. M. 호르크하이머(1895~1973)가 '도구적 이성'이라 명명하며 인간의 본성과 자연성을 억압하는 현대 자본주의 사회를 비판했듯이, 인간의 이성마저 도구화된 이 시대에 시인은 이러한 시련의 과정을 거쳐 생산된 것들이야말로 참된 가치를 지닌 것임을 강조하고 있다.

이렇게 볼 때 이 시에서도 '플라스틱 물건↔무쇠 낫, 아파트↔꼬부랑 호미'는 각각 상반된 성격을 지닌 이미지들이며 서로 밀어내려는 척력의 제어를 받고 있다. 또한 '플라스틱 물건=아파트', '무쇠 낫=꼬부랑 호미'는 유사한 성격을 지닌 이미지들로 서로 끌어당기려는 인력引力의 작용을 받고 있다. 시의 근간을 이루는 원소인 이미지는 이처럼 척력과 장력의 상호작용을 통해 시의 의미와 묘미, 주제를 이끌어내는 데 중요한 역할을 하고 있다.

시와 통과의례

- 시에 나타난 시련과 재생 의지

1.

통과의례通過儀禮의 사전적 정의는 '개인이 새로운 지위·신분·상태를 통과할 때 행하는 의식이나 의례'를 가리킨다. 이 용어는 20세기 초 프랑스의 민속학자 방주네프(1873~1957)에 의해 일반화되었다고 알려져 있다. 이 통과의례는 미시적으로는 한 개인의 영육靈肉의 성장과 관련되어 있지만, 거시적으로는 한 장소에 대한 이탈을 통해 특별한 신분을 획득함과도 연관을 맺고 있다. 즉 생로병사의 과정을 통한 개인의 내적 성장과 연계되거나, 기존의 세계에서 이탈하여 일정한 학습을 거쳐 새로운 지위를 얻게 됨과도 관계를 맺고 있다. 특히 일상에서 흔히 이루어지는 관혼상제冠婚喪祭는 통과의례를 가장 잘 보여주는 의식 행위이기도 하다.

이 통과의례는 방주네프의 주장에 따르면 '분리→과도→통합'이라는 일정한 단계로 구성되어 있다. '분리'는 기존 사회로부터의 이탈을, '

과도'는 새 세계 적응을 위한 준비를, 그리고 '통합'은 과거 상태에서 벗어나 새로운 신분 획득의 단계를 말한다. 물론 민속의 통과의례 방식이 문학작품에 도식적으로 적용되는 것은 아니다. 문학작품에서는 '분리→시련→성숙(또는 재생)', '분리→고뇌→새 희망' 등 다양하게 변주되면서 주제를 드러내고 있다. 이 통과의례는 신화·전설·민담이나 소설 등의 서사문학에서도 적극 수용되어 이니시에이션 스토리*initiation story*를 형성해왔다.

2.

우리의 전통 시가에서는 이 통과의례가 어떻게 나타나고 있을까? 이 의문에 대한 답을 얻기 위해서 우선 신라 향가 한 편에 주목해 보자.

> 선화공주善花公主니믄
> ᄂᆞᆷ 그ᅀᅳ지 얼어두고
> 맛둥바ᄋᆞᆯ
> 바ᄆᆡ 몰 안고가다
> -「서동요」 전문

이 노래는 신라 제 26대 진평왕 때 지어진 민요 형식의 4구체 향가로서 『삼국유사』(무왕조武王條)에 실려 전해지는데 여기에 딸린 설화는 다음과 같다.

> 백제의 가난한 서동(맛둥)은 마를 캐면서 살았는데, 국경을 넘어 승려로 신분을 위장하고 신라 경주에 가서 꾀를 내어 남녀 애정의 동요를 아이들을 이용하여 퍼뜨린다. 그로 인해 진평왕의 셋째 딸 선화공주는 궁에서 쫓겨나게 되고 서동과 만나 결혼하게 된다. 그리고 서동은 훗날 백제 무왕으로 등극하게 되고 미륵사 창건에도 큰 영향력을 발휘하게 된다.

노래의 가사와 배경 설화를 분석해 보면 '분리→과도→통합'이라는 통과의례의 과정이 비교적 잘 나타나 있다. 즉 이 노래는 '서울 남쪽 연못가에 거주하는 가난한 서동薯童이 신분 상승을 위해 머리를 깎고 승려로 위장하여 백제를 떠남(분리)→국경을 넘어 여러 고생 끝에 신라의 경주로 온 후, 아이들에게 구애求愛의 노래를 부르게 하며 자신의 지략대로 일이 이루어지기를 기다림(과도)→일이 뜻대로 되어 선화공주와 결혼하게 되고 훗날 백제 무왕武王이 됨(통합·새 신분 획득)'이라는 이니시에이션 구조로 짜여 있다.

특히 이 노래에는 미래 상황을 예언하는 참요讖謠의 성격이 전략적으로 활용되고 있다는 점이 주목된다. 서동은 순결한 처녀인 선화공주가 자신과 "놈 그스지 얼어두고"(남 몰래 정을 통하고) 있다는 소문과, "맛둥바올 / 바미 몰 안고가다"(맛둥 서방을 밤에 몰래 안고가다)라는 추문을 거짓으로 퍼뜨려 마침내 사랑을 실현하고 훗날 백제왕으로 등극하는 데 성공한다. 그러므로 「서동요」의 통과의례는 '있는 것(현실)→있어야 할 것(이상),' '가능태*ergon*→현실태*energeia*,' '귀속 신분→획득 신분'으로의 이행과정을 적절히 보여주고 있는 것으로 이해된다. 따라서 이 향가는 통과의례와 연관된 서동의 신분 상승 의지를 잘 반영하고 있는 가악歌樂으로 평가될 수 있다.

그런데 이 통과의례의 과정이 행복한 통합이라는 긍정적 결과로만 귀결되는 것은 아니다. 고려시대의 「청산별곡」은 그 사실을 입증해준다.

가던새 가던새 본다 물아래 가던새 본다
잉무든 장글란 가지고 믈아래 가던새 본다
  얄리얄리 얄라셩 얄라리 얄라

이링공 뎌링공 ᄒᆞ야 나즈란 디내와숀뎌
오리도 가리도 업슨 바므란 ᄯᅩ엇디 호리라
  얄리얄리 얄라셩 얄라리 얄라

어듸라 더디던 돌코 누리라 마치던 돌코
믜리도 괴리도 업시 마자셔 우니노라
  얄리얄리 얄라셩 얄라리 얄라

…(중략)…

가다니 뵈브른 도긔 설진 강수를 비조라
조롱곳 누로기 뮈와 잡ᄉᆞ와니 내엇디 ᄒᆞ리잇고
 얄리얄리 얄라셩 얄라리 얄라
- 작자 미상, 「청산별곡」 부분

『악장가사』에 수록된 이 노래는 고려시대 서민들의 삶의 애환과 비애를 진솔하게 반영해 주고 있다. 시의 화자는 현실의 고통스러운 삶에서 벗어나 '청산(이상향)'으로 가기를 염원한다. 무신들의 반란과 몽골의 침입 등 내우외환에 시달리던 백성들은 현실의 질곡에서 이탈하여 낙토樂土에서의 행복한 삶을 꿈꾼다. 그러나 그 이상세계로 가기 위해서는 신산한 통과의례의 과정을 겪어야 한다.

이 시가는 '낮→밤→낮'이라는 'ABA'의 구조를 통해 그것을 잘 보여 주고 있다. 시의 화자는 황폐화된 자신의 전답을 버린 채 "잉무든 장글"을 가지고 현실로부터의 이탈(분리)을 시도한다. 하지만 화자가 통과하는 길목마다 고통이 잠복하고 있다. 그 고통은 "오리도 가리도 업슨"(올 사람도 갈 사람도 없는) 밤의 외로움과, "믜리도 괴리도 업시"(미워할 사람도 사랑할 사람도 없이) 화자가 어디엔가 던진 '돌'에 오히려 자신이 맞아 울 수밖에 없는 숙명적 비애에서 확연히 드러난다. 이 비애는 이상향으로 가는 과정에서 민초들이 겪어야 할 고난(과도)의 시간이다.

그러나 이 비극 속에서도 화자는 행복한 삶이 있다고 믿어지는 청산(새 희망)으로 가는 길을 멈추지 않는다. 그는 이 고단한 여정에서 누군가 권한 '설진 강수(독한 술)'를 얻어 마시며 잠시나마 현실의 고통을 잊고자 한다. 비록 이상향은 아니지만 술을 통해 낙천적 세계에 잠시 빠져듦은 현실과 이상향의 중간 상태를 비춰준 것으로 여겨진다. 이 낙천성은 아직 화자가 이상세계에 대한 미련이 남아 있다는 반증이다. 결국 이 노래는 통과의례를 통해 당대 민중들의 삶의 애환과 낙토에 대한 소망을 잘 반영하고 있는 것으로 음미된다.

3.

통과의례는 조선시대에 이르러 자연물을 통해 굳은 절의를 표현하고 있는 시조에서도 많이 목격된다.

국화야 너는 어이 삼월동풍三月東風 다 보닉고
낙목한천落木寒天에 네 홀노 픠엿ᄂᆞᆫ다
아마도 오상고절傲霜高節은 너ᄲᅮᆫ인가 ᄒᆞ노라
- 이정보

이 시가에서 '국화'는 사군자四君子의 하나로서 강직한 선비나 지사志士의 충절을 상징한다. '국화'는 여느 꽃들(소인배)이 만개하는 따뜻한

봄을 피해 서리가 내리는 늦가을에 꽃을 피운다. 그러므로 국화는 '삼월동풍三月東風'이라는 온화한 시간에서 이탈(분리)하여 '낙목한천落木寒天'이라는 가혹한 처지와 맞닥뜨린다. 성장통과 같은 이 시련(과도)의 상황 속에서도 국화는 굴하지 않고 꽃을 피우며 '오상고절傲霜高節(서릿발 속의 외로운 절개)'의 그윽한 향기를 내뿜는다. 역경에 처해서도 이처럼 빛나는 품위를 지키며 시련을 통과하고 있는 국화야말로 조선 시대 사대부들이 추구하고 있는 지고한 삶의 가치를 상징한다. 그러므로 이 가혹한 시련을 굳센 절개로 초극함으로써 의로운 선비 집단의 일원으로 인정(통합)받을 수 있는 것이다.

유배지의 혹독한 환경과 처지를 토로하고 있는 가사에서도 이 통과의례는 포착된다.

여름날 긴긴 날에 ᄇᆡ 곱파 어려워라
의복衣服을 도라보니 한숨이 절노 난다
남방 염천南方炎天 찌는 날에 ᄉᆡ지 못ᄒᆞᆫ 누비바지
땀이 ᄇᆡ고 때 오르니 굴둑* 막은 덕셕*인가
덥고 검고 다 ᄇᆞ리고 내음새를 엇지ᄒᆞ리
어와 ᄂᆡ 일이야 가련이도 되거고나
손잡고 반기ᄂᆞᆫ 집 내 아니 가옵더니
등 미러 내치ᄂᆞᆫ 집 구ᄎᆞ이 비러 잇셔
옥식진찬玉食珍饌 어듸가고 ᄆᆡᆨ반염장麥飯鹽藏 되여시며

금의화복錦衣華服 어ᄃᆡ가고 현순ᄇᆡᆨ결懸鶉百結 되엿ᄂᆞᆫ고

… (중략) …

ᄂᆡ 고생 ᄒᆞᆫ 해 ᄒᆞᆷ은 남의 고생 십년이라

흉즉길凶卽吉ᄒᆞᆷ 되올는가 고진감래苦盡甘來 언제 ᄒᆞᆯ고

ᄒᆞᄂᆞ님긔 비나이다 셜운 정원情願 비ᄂᆞ이다

ᄎᆡᆨ녁冊曆*도 묵어지면 고쳐 보지 아니ᄒᆞ고

노ᄒᆞ옴*도 밤이 ᄌᆞ면 푸러져서 바리ᄂᆞ니

세ᄉᆞ世事도 묵어지고 인ᄉᆞ人事도 묵어시니

천ᄉᆞ만ᄉᆞ千事萬事 탕쳑蕩滌*ᄒᆞ고 그만 저만 서용恕容*ᄒᆞᄉᆞ

ᄭᅳᆫ쳐진 녯 인연을 곳쳐 닛게 ᄒᆞ옵소셔

– 안조환, 「만언사謾言詞」 부분

* 굴둑 : 굴뚝
* 덕셕 : 멍석
* ᄎᆡᆨ녁冊曆 : 달력
* 노ᄒᆞ옴 : 노여움
* 탕쳑蕩滌 : 죄를 씻음
* 서용恕容 : 용서

이 시가는 조선 정조 때 지어진 장편 유배가사이다. 대전별감의 지위에 있던 작자가 국고國庫를 마음대로 유용한 죄로 삼십 사세 때 추자도

로 유배되어 극한의 고통에 시달리며 참회하는 내용을 담고 있다. 이 시가 전편全篇에는 경기→충청→전라→추자도에 이르는 유배의 노정과 배소配所에서 보낸 가혹한 세월 등 시·공간이 교차하는 통과의례의 고통이 잘 나타나 있다. 당시 작자가 경험한 사실을 아주 자세하게 르포르타주처럼 기록함으로써 18세기 유배문학 연구에 소중한 사료가 되는 작품이다.

인용 시를 보면 시의 화자는 남해의 절도絶島에 압송(분리)되어 굶주림과 열악한 환경(과도)에 시달리고 있음을 알 수 있다. 그는 "여름날 긴긴 날에 ᄇᆡ 곱파 어려워라"에서 보듯 겨우 목숨만 유지하는 궁핍한 처지를 한탄하고 있다. 또한 "남방 염천南方炎天 씨는 날에 ᄲᆡᆺ지 못ᄒᆞᆫ 누비바지 / 땀이 ᄇᆡ고… 내음새를 엇지ᄒᆞ리"에서 느껴지듯 한여름의 폭염에도 땀과 땟국으로 얼룩져 악취를 풍기는 겨울옷을 입고 지내야만 하는 비참한 처지를 탄식하고 있다. 과거 궁중에서 향유하던 '옥식진찬玉食珍饌(좋은 밥과 반찬)'과 '금의화복錦衣華服(비단옷과 화려한 옷)'의 삶에서 분리되어 '믹반염장麥飯鹽藏(보리밥과 소금장)'과 '현순빅결懸鶉百結(누더기 옷)'로 목숨을 부지해 가는 자신의 처지가 극명히 대조를 보인다. 이런 정황에서도 화자는 '흉즉길凶卽吉(흉한 것이 좋게 됨)'과 '고진감래苦盡甘來'를 'ᄒᆞᄂᆞ님'께 빌면서 "천ᄉᆞ만ᄉᆞ千事萬事 탕쳑蕩滌ᄒᆞ고 그만 저만 서용恕容ᄒᆞᄉᆞ / ᄭᅳᆫ쳐진 녯 인연을 곳쳐 닛게 ᄒᆞ옵소셔"라 토로하며 행복했던 궁중 생활로 되돌아가 새 삶을 이뤄가길 간절히 소망(통합)하고 있다.

이런 유배가사뿐 아니라 남편의 방탕한 생활에 독수공방 외로움을 한탄하고 있는 허난설헌의 「규원가」(규방가사), 시집살이의 고통을 하소연하고 있는 「시집살이 노래」(민요), 네 명의 남편과 사별한 과부의 기구한 팔자를 한탄하고 있는 「덴동어미 화전가」(규방가사) 등도 당대 여성들이 겪는 고단한 삶의 통과의례를 잘 보여주고 있다. 이들 시가는 모두 '결혼으로 인한 가족과의 이별(분리)→결혼 후의 고통스러운 삶(시련)→삶의 위안 찾기(새 희망)'라는 공통 구조로 짜여 있다. 그러므로 이 같은 통과의례는 시·공간의 각 매듭을 스쳐가는 단순한 이행移行이 아니라, 시련을 통해 인생의 새로운 깨달음과 정신적 성장을 도모하게 하는 생의 순환 과정으로 읽힌다.

4.

현대시에 이르러서도 이 통과의례는 다양한 양상으로 변주되고 있다. 우선 일제 치하라는 역사적 배경을 바탕으로 하고 있는 시가 주목된다.

> 아, 가도다, 가도다, 쫓겨가도다 / 잊음 속에 있는 간도間島와 요동遼東벌로 / 주린 목숨 움켜쥐고, 쫓겨가도다 / 진흙을 밥으로, 해채를 마셔도/마구나, 가졌드면, 단잠은 얽맬 것을 / 사람을 만든 검아, 하루 일찍 / 차라리 주린 목숨, 뺏어 가거라!

아, 사노라, 사노라, 취해 사노라 / 자폭自暴 속에 있는 서울과 시골로 / 멍든 목숨 행여 갈까, 취해 사노라 / 어둔 밤 말없는 돌을 안고서 / 피울음을 울으면, 설움은 풀릴 것을 / 사람을 만든 검아, 하루 일찍 / 차라리 취한 목숨, 죽여버려라!

– 이상화, 「가장 비통한 기욕祈慾」 –'간도 이민을 보고' 전문

이 시는 《개벽》 55호(1925)에 발표된 작품이다. 이상화는 1921년 '백조' 동인에 참가하여 「말세의 희탄」이라는 시를 처음 선보인 이후 1943년 사망하기까지 60여 편에 가까운 시를 발표했다. 이중에서 특히 《개벽》 지에 발표한 26편의 시들은 일제강점기의 현실 인식과 저항 의지를 가장 잘 나타내주고 있다. 1922년 프랑스 유학의 기회를 얻고자 도일渡日한 시인은 1923년 관동대지진으로 인해 이듬해 다시 조선으로 귀국한다. 이 무렵 시인을 기다리고 있는 조선의 현실은 비참하기 그지없었다. 일제의 가혹한 수탈 정책에 극심한 가뭄까지 겹쳐 빈농貧農들은 고향과 전답을 버리고 살길을 찾아 떠도는 유랑민으로 전락하고 말았다.

이 시의 1연에서는 유랑의 비참한 처지를, 2연에서는 조국에서 겪는 가혹한 현실을 각각 고통스러운 통과의례로 극명히 보여준다. 먼저 시의 1연 첫 행에서 보듯 "가도다, 가도다, 쫒겨가도다"라는 말의 반복을 통해 정든 고향으로부터 탈출하는 궁핍한 유랑민들의 처지를 파악할 수 있다. 이들은 "간도間島와 요동遼東벌로 / 주린 목숨 움켜쥐고, 쫒겨가"듯 조국을 떠나지 않으면 안 될 막다른 처지에 내몰렸다. 저마다 "주

린 목숨 움켜쥐"거나 "진흙을 밥으로" 먹을 수밖에 없는 극한 한계상황 속에서 "사람을 만든 검(조물주)아, 하루 일찍 / 차라리 주린 목숨, 빼어 가거라!"라고 하며 절규하고 있다. 드넓은 만주 땅에서 영위할 행복한 삶을 꿈꾸며 탈향을 했지만 유랑민들의 현실은 목불인견目不忍見의 비참함 그 자체였다.

이 같은 가혹한 통과의례는 2연에서도 반복된다. 굶주린 민초들은 자포자기를 하면서 '서울'과 '시골'로 떠돌아다녀 보지만, "어둔 밤 말없는 돌을 안고서 / 피울음을 울"고 싶은 심정일 뿐이다. 조국에서도 안착하지 못하고 '취해' 살듯 '멍든 목숨'처럼 질곡에 처한 기민饑民들의 삶이 얼마나 가혹한 것인가. 이 비참한 처지를 극복해낼 힘이 유랑민들에게는 없었다. 그래서 또다시 "차라리 취한 목숨, 죽여버려라!"라는 절규를 반복하면서 일제 치하의 현실이 얼마나 힘겨운 통과의례인가를 적나라하게 보여주고 있다.

일제강점기 유랑민의 비극적 처지는 이 밖에도 박용철의 「떠나가는 배」, 이용악의 「전라도 가시네」, 「풀벌레 소리 가득 차 있었다」, 「낡은 집」, 백석의 「쓸쓸한 길」, 김동환의 「송화강 뱃노래」, 오장환의 「여수旅愁」, 이육사의 「노정기路程記」 등에서도 잘 나타나 있다. 이 유랑 모티프의 시들은 모두 현실인식에 바탕을 둔 리얼리즘 시학을 보여주고 있으며, '탈향(분리)→유랑(과도)→새 삶의 꿈(통합)'이라는 통과의례의 구조를 형성하고 있다. 역사의식 또는 현실 인식을 바탕으로 하는 이 같은 유랑 모티프의 시는 1970년대 이후 산업화가 가속화되면서 고향 이탈과 떠도는 삶을 형상화한 시편들에까지 계승되어 간다.

한 개인의 생애를 성장소설처럼 압축하여 통과의례의 과정을 보여주는 시도 관심을 환기한다.

스물 안팎 때는 / 먼 수풀이 온통 산발을 하고 / 어지럽게 흔들어 / 갈피를 못잡는 그리움에 살았다. / 숨가쁜 나무여 사랑이여.

이제 마흔 가까운 / 손등이 앙상한 때는 / 나무들도 전부 / 겨울 나무 그것이 되어 / 잎사귀들을 떨어 내고 부끄럼 없이 / 시원하게 벗을 것을 벗어 버렸다.

비로소 나는 탕에 들어 앉아 / 그것들이 나를 향해 / 손을 흔들며 / 기쁘게 다가오고 있는 것 같음을 / 부우연 노을 속 한 경치로써 / 조금씩 확인할 따름이다.

- 박재삼, 「겨울나무를 보며」 전문

시집 『햇빛 속에서』(문원사, 1970)에 수록된 이 시는 시인 자신의 인생 역정을 압축하여 자아를 성찰하고 삶을 깨달아가는 과정을 적절히 보여준다. 흥미로운 것은 이 시가 '1연→2연→3연'으로 전개되어 갈수록 마치 헤르만 헤세의 『데미안』이나 괴테의 『빌헬름 마이스터의 수업시대』처럼 성장소설을 읽는 듯한 느낌을 준다는 사실이다. 정신적으로 미

성숙한 주인공이 좌충우돌하며 살아가다가 새 삶의 길을 찾고 성숙해 가는 모습을 보이듯, 이 시의 시적 화자도 그런 삶의 태도를 잘 나타내 주고 있다.

시의 1연은 시인의 20대 시절을 배경으로 하고 있다. 20대 때는 대부분 기성세대의 가치관에서 벗어나(분리) 질풍노도*Sturm und Drang*의 시대를 살아간다. 이 시기는 절제되고 균형감 있는 지성과 이성보다는 정념에 사로잡혀 방황하는 때이다. 이성적 합리주의보다는 젊은 베르테르처럼 감성적 낭만주의와 불꽃같은 충동에 사로잡히기 쉬운 시절이다. 물론 이 시의 화자도 예외는 아니다. 그는 자신의 20대를 회고하면서 "먼 수풀이 온통 산발을 하고 / 어지럽게 흔들어 / 갈피를 못잡는 그리움에 살았다"라고 고백하고 있다. 중심을 못 잡는 이런 삶은 "숨가쁜 나무"와도 같이 소용돌이(과도)를 이루는 시간에 처해 있었다.

하지만 이 드센 바람과 성난 파도도 2연에서 보는 것처럼 세월이 흐르면서 가라앉기 시작한다. 격동의 20대가 지나가고 "이제 마흔 가까운" 나이에 이르자 화자의 손등은 '앙상'해지고 육肉의 세계가 아닌 영靈의 세계가 사유되기 시작한다. 육정의 세계에서 뒤집어 쓴 온갖 욕동欲動과 가면들이 이 시기에 오게 되면 벗겨지게 되고 본질적 자아의 모습이 드러나게 된다. 이점을 시인은 "나무들도 전부 / 겨울나무 그것이 되어 / 잎사귀들을 떨어내고 부끄럼 없이 / 시원하게 벗을 것을 벗어 버렸다"라고 은유적으로 표현하고 있다.

시의 3연에서는 나뭇잎을 다 벗은 겨울나무처럼 화자 역시 발가벗은 몸으로 "탕에 들어 앉아" 자아의 참 모습과 삶의 본질에 대해 성찰하고 있다. 앙상한 '나목裸木'과 '나신裸身'의 동일화! 이를 통해 시인은 지난날의 정념과 위장된 페르소나를 반추해 보면서, 그 겨울나무들이 "손을 흔들며 / 기쁘게 다가오고 있는 것 같"은 생의 긍정을 느낀다. 비록 이 깨달음은 "부우연 노을 속 한 경치로써 / 조금씩 확인할 따름"이지만, 인생은 결국 시간의 흐름과 더불어 정신적으로 성장(성숙)해간다는 점을 터득하게 된 것이다. 젊은 날의 소용돌이와 고뇌를 통한 이러한 정신적 성숙 과정은 의미심장한 통과의례로 받아들여진다.

5.

통과의례라는 용어는 원래 고대 원시인들의 민속과 깊은 관련을 맺고 있는 것이었다. 하지만 인간이면 누구나 생로병사의 과정을 필연적으로 겪는 바, 이 통과의례는 비록 민속에서만이 아니라, 시·공을 초월한 인류의 보편적인 인생 의례와도 불가분의 관계를 이루고 있다. 앞서 살펴보았듯이 이 통과의례는 우리나라의 경우, 고대 시가에서부터 현대시에 이르기까지 시의 중요한 구조를 이루며 지속되어 왔다. 시에 있어서도 이 통과의례는 분리→시련→성숙(또는 새 희망)

등으로 변주되면서 강한 주제 의식을 형성해왔다. 생의 번민과 쓰라림은 누구에게나 주어지는 불의 담금질이자 시련의 과정이다. 이 쓰라린 도정道程을 거치면서 우리는 새로운 재생의 삶을 획득하게 되는 것이다. 삶의 고통과 신산함, 그것은 시인의 내면에서 뜨겁게 용해되어 깊은 울림의 시로 형상화될 때 독자들의 영靈적 성장을 도와줄 수 있으리라 믿는다.

꿈의 작업과 적극적 상상

- 꿈 혹은 무의식이 싹틔운 시

1.

우리는 누구나 꿈을 꾸며 살아간다. 현실적 소망이든 수면 중에 이루어지는 뇌수의 활동이든 꿈은 인간의 정신 현상과 깊은 관련을 맺고 있다. 특히 이 꿈을 꿀 때 무의식 속의 기제가 작용하게 되어 사람들은 다양한 이미지로 연출되는 표상체험을 겪는다. 이 꿈에 대해 프로이트(1856~1939)는 '잠재몽-현재몽-꿈의 작업'이라는 세 가지 요소로 분석한 바 있다(『정신분석입문』). 그에 의하면 인간의 무의식 속에 억눌린 충동이나 욕망은 평소 잠재몽으로 은폐되어 있다가 수면 중 현재몽이라는 꿈을 통해 나타난다. 이 잠재몽이 현재몽으로 변화되어 발현하게 하는 것을 '꿈의 작업'이라 한다.

그런데 수면 중 이 꿈의 작업이 이루어질 때는 뇌의 활동에 통일성이 해체된 상태이므로 표상들의 작용이 무질서하게 일어나거나 본말本末이 제멋대로 뒤바뀌는 현상이 일어난다. 그래서 잠재몽이 현재몽으로 드러나게 될 때는 그 원형이 변형, 왜곡, 위장되어 나타난다. 이를테면 무의식 깊이 내재된 죽음에 대한 공포가 꿈에서는 물을 건너는 장면으로 보인다든지, 현실에 대한 불만이 여러 개의 불쾌한 이미지가 합성되어 나타나는 것 등이 그것이다. 이것은 압축, 융합, 치환, 상징화라 불리는 꿈의 작업 때문에 그런 것이다. 이런 까닭에 꿈의 내용이 더욱 기벽奇癖하거나 헛된 신기루로 인식되는 수가 많다.

하지만 칼 융(1875~1961)은 무의식 속에 잠재된 욕망이나 환상, 감정들을 거부하지 말고 의식 속에 적극 수용함으로써 자아의 참된 동일성을 이루어 갈 수 있다고 보았다. 이것이 바로 그가 주장한 '적극적 상상 *active imagination*'이다. 이 적극적 상상은 의식과 무의식의 대화를 통해 이루어진다. 이 양자 사이의 의사소통으로 인해 무의식 속에 잠재된 감정은 문학, 음악, 미술, 무용 등을 통해 감각적 이미지로 표현되어 예술작품으로 구현되기도 한다.

2.

프랑스의 화가 샤갈(1887~1985)은 무의식 속에 잠재된 참된 행복과 이상향에 대한 소망을 「에펠탑의 신혼부부」라는 그림을 통해 참신한 이미지와 상상력으로 형상화하고자 했다. 이 그림은 샤갈이 사랑하는 '벨라'와 파리에서 보낸 허니문의 단꿈을 그린 것이다. 그의 고향 러시아의 비테프스크 마을에서 만난 벨라는 지순한 사랑의 표상이자 무한한 예술적 영감을 준 부인이다. 그런데 이 그림을 보면서 몇 가지의 이미지에 눈길이 강하게 쏠린다. 우선 그림에 등장하는 제재들이 중력의 법칙에서 벗어나 대부분 땅 위에 떠있다는 점이다. 이 무중력 현상은 샤갈의 다른 그림에서도 그렇듯이 그의 독창적 표현기법으로 알려져 있다. 또 다른 하나는 행복감에 젖은 신혼부부가 수탉을 타고 천사들과 더불어 에덴동산으로 가는 듯한 장면이다. 이 광경은 신혼의 지극한 사랑과 행복이 불로불사不老不死의 낙토로까지 이어져 영원토록 유지되기를 바라는 꿈을 나타낸 것으로 음미된다.

인간의 집단 무의식 속에는 첫 인간인 아담 부부가 하느님 말씀을 어긴 죄로 에덴동산에 추방된 원죄 의식이 내재되어 있다. 그래서 그 무의식 속에는 영원한 복락의 땅인 에덴동산으로 다시 회귀하고 싶은 귀향의지가 꿈틀대고 있다. 무의식 속에 은폐되어 있는 이 같은 소망을 샤갈은 이 그림에서 마치 꿈을 꾸듯 현재몽으로 발현해 보인다. 그림을 자세히 관찰해보면 샤갈의 무의식 속에 잠재되어 있던 꿈이 현재몽으로 변형되어 그려져 있음을 읽을 수 있다. 즉 꿈을 꾸는 과정에서 잠재몽이 현재몽으로 변화될 때 일어나는 융합, 치환, 상징화 등이 이 그림에서 참신하고 개성적인 기법으로 드러난다.

신혼부부가 현재 위치한 파리(에펠탑 앞)와 이들의 고향인 비테프스크 마을, 천상(천사)과 지상(인간), 사람·동물·식물·사물 등이 하나의 화폭에 이중 노출되어 뒤엉켜 있는 점, 소·사람·악기의 부분들이 합쳐져 하나의 알레고리를 형성하고 있는 점, 현실적 중력에 견인되어서는 제대로 갈 수 없는 이상세계를 무중력 상태로 전위轉位하여 수탉을 타고

가는 점 등은 원형에 대한 변형과 왜곡이라는 꿈의 작업을 상기시켜 준다. 그리고 하늘에 떠있는 태양이 마치 써니사이드업 같은 계란 프라이를 연상시키는 점도 강렬한 상징성을 제시해 주고 있다. 이들은 모두 꿈을 꾸는 과정에서 무의식과 나눈 대화를 시각화하거나 자유분방한 표상체험을 형상화한 것으로 읽힌다.

이런 사실들을 종합해 볼 때 이 그림은 샤갈의 무의식 속에 잠재된 꿈을 엿볼 수 있게 한다. 그 꿈은 궁극적으로 아름답고 영원한 행복과 사랑에 대한 염원이다. 그는 이 그림을 그리기 전 눈을 감고 고요히 자신의 무의식에서 떠오르는 표상들을 바라보았을 것이다. 그 표상들은 다름 아닌 신혼의 사랑과 행복이 끝없이 이어질 꿈의 유토피아를 찾아가려는 날갯짓이다. 이 순간, 그는 '현실'이라는 땅 위에서 둥둥 떠다니는 자유로운 영혼을 떠올리게 되었고, 사랑하는 부인과 영세永世의 행복을 누리는 에덴동산을 상상했을 것이다. 프로이트의 말대로라면 이런 낙원 지향의 꿈을 샤갈이 평소부터 자신도 몰래 마음 깊이 품었다가 그림을 통해 '이드Id의 무의식적 충동을 충족'시키고자 했던 것이다. 이처럼 무의식이 던지는 메시지에 귀를 기울이며 그 전언을 그림으로 시각화하여 자아의 참된 동일성을 실현하려는 태도는 적극적 상상을 보여주는 것으로 받아들여진다.

3.

문학에 있어서도 이 꿈을 모티프로 한 작품들이 인류 역사 이래 지속적으로 이어져 왔다. 우리나라의 경우, 고대 설화와 패관잡기를 비롯하여 여타의 운문과 산문 갈래에서 이 꿈과 관련된 무의식의 형상화가 다양하게 구현되어 왔다. 가령 삼국시대의 조신설화調信說話를 비롯하여 후대의 몽자류 소설, 몽유록계 소설, 군담소설, 사회소설, 가정소설, 애정소설, 판소리계 소설 등에서 등장인물이 꾼 태몽胎夢, 현시몽現視夢, 백일몽白日夢, 예지몽叡智夢 등이 그 인물들에게 적극적 상상으로 받아들여져 현실적 삶에 큰 영향을 미친 일들이 그것이다. 이중에서 특히 「구운몽」, 「옥루몽」 등의 몽자류 소설은 '꿈 이전(현실)-꿈(초월계)-꿈 이후(현실)'라는 환몽구조를 통해 주인공의 무의식 속에 내재한 욕망을 꿈의 세계에서 다채롭게 변형하여 나타내고 있어 더욱 흥미진진함을 느끼게 해 준다.

이같이 이드의 영역에 은폐되어 있는 잠재몽을 현재몽으로 발현하여 현실적 삶을 비춰보려는 경향은 시조, 가사와 같은 운문문학에서도 예외가 아니다. 그중에서 윤선도의 「몽천요」가 관심을 환기한다.

> 생시던가 꿈이던가 백옥경白玉京에 올라가니
> 옥황玉皇은 반기시나 군선群仙이 꺼린다.
> 두어라 오호연월五湖烟月이 내 분分에 옳도다.

풋잠에 꿈을 꾸어 십이루十二樓에 들어가니

옥황은 웃으시되 군선群仙이 꾸짖는다.

어즈버 백만억百萬億 창생蒼生을 어느 결에 물으리.

하늘이 무너진 때 무슨 술術로 기워 낸고

백옥루白玉樓 중수重修할 때 어떤 바치이뤄 낸고.

옥황께 사뢰 보쟈 하더니 다 못하여 왔도다.

- 윤선도, 「몽천요夢天謠」 전문

『고산유고』 별책에 실려 있는 이 연시조는 윤선도가 잠시 벼슬에서 물러나 경기도 양주楊州 고산孤山에 머물러 있을 때 지은 시가이다. 윤선도는 효종과 그 아우인 인평대군의 스승인데, 효종은 스승에 대한 예우로 그를 궁궐로 다시 불러 동부승지 벼슬을 제수한다. 그러자 서인의 집권 세력들이 집요하게 반대하여 그는 면직되어 양주 고산으로 가서 은둔하게 된다. 이때 당시 느꼈던 연군의 정과 우국심, 그리고 시대적 정황을 작자는 이 시조를 통해 우의적, 풍자적, 비유적으로 표현하고 있다.

그런데 이 시조에서 눈길을 끄는 것은 '꿈'이 중요한 모티프로 작용하고 있다는 점이다. 그 시대의 정치적 역학 관계를 고려할 때 시인이 직설적 화법으로 자신의 소신을 밝히기에는 아주 힘든 처지였다. 왜냐하면 남인 신분인 작자는 서인 세력에 의해 부단히 신분의 위협을 받고 있었기 때문이다. 그래서 시인이 선택한 전략은 비몽사몽의 나른한 몽환세계를 끌어들여 꿈속의 표상체험을 기억하여 회상몽을 말하듯이 자신의 정치적 생각을 밝히는 것이다.

특히 시인의 무의식 속에는 평소부터 충군 사상과 애민정신을 실현하고 싶은 소망이 잠재몽처럼 내재하고 있었다. 이 소망을 그는 꿈의 작업을 통해 시에서 현재몽처럼 각색함으로써 자신의 심정을 전략적, 우회적으로 드러내고자 한다. 이 꿈의 작업은 수면 중에 뇌의 집중력이 풀려 해리 상태解離狀態에서 일어나는 것이므로, 이때 발화되는 말은 횡설수설로 위장하거나 왜곡하기에 좋다. 그래서 반대 세력의 공격으로부터 방어기제를 만들 수 있게 되는 것이다.

인용된 시조를 보면 전체 배경이 천상계로 설정되어 있다. 하지만 시어에서 느껴지듯 표면적인 의미에는 각각 이면적인 의미가 메타포를 통해 숨겨져 있다. '백옥경白玉京·백옥루白玉樓' = '한양의 궁궐', '옥황玉皇' = '임금(효종)', '군선群仙' = '서인 집권 세력' 등이 그 은폐된 의미들이다. 이러한 초월적 천상계와 현실적 지상계가 오버랩 되는 장면은 꿈이라는 장치를 통해서 가능한 것이다. 이 두 세계와 연관된 중층 표현은 꿈을 꾸는 동안 여러 인물·사물·이미지들이 서로 자유롭게 융합, 치환, 상징화되는 장면을 연출하는 것 같은 효과를 준다. 시어의 이 다중적 덧놓임을 통해 시의 긴장감은 더욱 큰 힘을 발휘하게 되고, 현실 비판과 풍자라는 시의 주제 역시 효과적으로 드러나게 된다.

시조의 내용을 잠깐 살펴보면 시인은 임금의 부름을 받고 한양의 도성으로 갔지만 서인 세력의 반대에 부딪친다. "옥황玉皇은 반기시나 군선群仙이 꺼린다."(1연), "옥황은 웃으시되 군선群仙이 꾸짖는다."(2연)가 그 근거이다. 그래서 시인은 "오호연월五湖烟月"로 대유된 자연으로의 은둔을 선택하지 않을 수 없다. 시인에게 더 괴로운 것은 "어즈버 백만억百萬億 창생蒼生을 어느 결에 물으리."(2연)에서 보듯 신하들의 간섭으로 임금에게 백성들의 삶의 문제를 물을 수 없다는 점이다. 당시 형편은 '하늘'이 무너지고 '백옥루白玉樓'가 낡았지만 그것을 재건할 '바치(기술자=충신)'가 나라에 없었다. 이 난국을 "옥황께 사뢰 보쟈" 했지만 결국 신하들의 반대로 "다 못하"게 된 심정을 그는 몽유의 방식을 통해 우회적으로 토로하고 있다.

꿈의 '연속성 가설'에 의하면 사람들이 현실에서 겪는 일이 꿈에 그대로 반복되는 수가 많다고 한다. 특히 꿈은 긍정적인 내용보다 억압과 두려움, 고통과 좌절 등 부정적인 감정을 유발하는 것이 더 많다고 알려져 있다. 이 시조에서도 그 점은 예외가 아니다. 시인은 당리당략만 일삼는 세력들에 임금이 둘러싸여 국운이 기울고 있는 안타까운 현실을 꿈에서도 그대로 재현하는 방식을 취해 회상몽을 되뇌듯 들려주고 있다.

하지만 시인은 이 꿈을 헛된 환각이나 환상으로 여기지 않는다. 그는 무의식 깊숙이 잠재된 자신의 감정을 의식 안으로 적극 받아들여 현실 문제로까지 연결시키고자 한다. 시인의 이런 태도는 '의식-무의식' 사이의 교류를 통해 그가 적극적 상상을 하고 있는 것으로 생각된다. 이처럼 꿈을 모티프로 하는 고시조에 대해서도 일상적 시각이 아니라 분석심리학적 방법으로 접근했을 때 새로운 의미의 지평이 열릴 수 있음을 깨달을 수 있다.

4.

현대시에 있어서도 이 꿈과 무의식 작용을 모티프로 하는 작품들이 여러 곳에서 목격된다. 특히 현대시에서는 이 꿈과 무의식이 시인의 실험적 기법에 의해 더욱 낯설고 난해한 양상으로 나타나기도 한다.

> 벌판한복판에꽃나무하나가있소.근처近處에는꽃나무가하나도없소.꽃나무는제가생각하는꽃나무를열심熱心으로생각하는것처럼열심熱心으로꽃을피워가지고섰소.꽃나무는제가생각하는꽃나무에게갈수없소.나는막달아났소.한꽃나무를위爲하여그러는것처럼나는참그런이상스러운흉내를내었소.
>
> - 이상, 「꽃나무」 전문

『카톨릭청년』(1933)에 발표된 이 시는 초현실주의적 특징을 잘 보여주고 있다. 초현실주의는 앙드레 브르통(1896~1966)이 이른바 '쉬르레알리슴 선언'을 한 1924년 이래 전 세계적으로 큰 영향을 미친 바 있고, 아직까지도 현재진행형일 정도로 예술 전반에 적잖은 파장을 일으키고 있다. 우리나라의 경우, 특히 시인 이상李箱(1910~1937)에게 큰 영향을 준

이 사조는 이성과 합리의 대척점에서 반이성, 비논리성을 지향하면서 자유연상, 자동기술법, 전통문법 파괴 등의 시 창작 기법을 새롭게 선보였다. 이 시에서도 그는 '자아' 중심에 머물던 기존의 영역에서 일탈하여 '이드Id'라는 무의식을 시에 끌어들여 신선하고 낯선 시 세계를 펼쳐 보인다.

모두 여섯 개의 문장으로 된 인용 시는 일제 치하 한 지식인의 자아 분열과 그로 인한 좌절감을 잘 보여준다. 띄어쓰기를 무시한 채, 마치 몽중 언어처럼 발화되는 난해한 이 시는 인간 세계의 균형을 잡아주던 이성*logos*에서 벗어나 자아의 중심을 상실한 듯한 분위기를 나타내 보인다. 시인은 일제강점기에 국권 상실의 현실과 더불어 개인적인 자아 분열이라는 중압감에 시달렸다. 이 중압감에서 벗어나기 위해 그는 무의식 깊숙이 본연의 자아를 회복하려는 소망을 잠재몽처럼 내장한다. 이 잠재된 소망은 수면 중에 이뤄지는 꿈의 작업처럼 현재몽으로 변형되어 발현하게 되는데, '꽃나무'가 '제가생각하는꽃나무'를 부단히 찾는 모습이 그것이다.

그렇다면 이 시에서 중심어에 해당하는 '꽃나무'는 궁극적으로 무엇을 상징할까? 이 꽃나무는 다름 아닌 시인의 자의식이 투영된 대상이다. 일제강점기 시대적 불안과 소외감, 자아 분열과 절망에 사로잡혀 있던 시인은 눈을 감고 자신의 내면을 잠시 응시한다. 이때, 그의 무의식과 의식 사이에는 하나의 표상체험이 이미지로 떠오른다. 그 이미지가 바로 한 그루 꽃나무이다. 그러므로 이 꽃나무는 '나(시적 화자)' 혹은 시인과 동일시되고 있다. 이 동일화 현상은 꽃나무에 '나'를 중첩시킴으로써, 그리고 '나'는 후경後景으로 물러서고 대신 꽃나무가 전경前景으로 나서서 시인의 대리자로 심정을 토로하게 함으로써 융합과 치환이라는 꿈의 작업 활동을 고스란히 느끼게 해 준다.

그러면 여섯 개로 짜인 문장의 내용을 잠시 분석해 보기로 하자. 우선 "벌판한복판에꽃나무하나가있소"(문장1)는 황량한 세계의 중심에 현실적 자아가 던져져 있는 실존의 처지성을 나타낸다. 특히 '벌판'의 이미지는 일제강점기의 삭막한 시대 상황 혹은 의지할 곳 없이 허허로운 시인의 내면적 정황을 상징하고 있다. 이 극한 자아의 단절감과 소외감은 "근처近處에는 꽃나무가하나도없소"(문장2)에서 더욱 심화되거나 강조된다.

한편, "꽃나무는제가생각하는꽃나무를열심熱心으로생각하는것처럼…"(문장3)에서는 또 다른 자아가 등장한다. 그 자아는 '제가생각하는꽃나무'로 상징화된, 현실적 자아가 간절히 만나고자 하는 이상적 자아이다. 시인은 자신의 무의식 속에서 자유연상 작용을 통해 또 다른 본연의 자아를 시각적 이미지로 떠올리며 교류하기를 갈망한다. 그렇지만 불행하게도 그 꿈은 실현되지 못한다. "꽃나무는제가생각하는꽃나무에게갈수없소"(문장4)에서 보듯 현실적 자아는 이상적 자아를 만날 수가 없다. 이것은 곧 자아 분열과 단절, 소외를 암시한다. 이러한 단절과 소외는 그의 다른 시구절 "거울속의나는왼손잡이오 / 내악수握手를받을줄모르는-악수를모르는왼손잡이요"(「거울」)에서도 확인된다.

소외는 현대사회가 상품화되고 비인간화될수록 보이지 않는 어떤 낯선 힘에 의해 인간과 물질, 자아와 타자, 현실적 자아와 본질적 자아가 서로 괴리 현상을 일으킬 때 발생한다. 이 단절과 소외 현상이 심화되면 대인기피증이나 반사회적 성격이 형성될 수 있다. 그래선지 시의 화자는 "나는막달아났소."(문장5)에서 느껴지듯 깊은 절망감에 사로잡혀 어디론가 도피하고자 한다. 두 자아의 분열로 인해 자기동일성을 회복할 수 없다는 좌절감은 시인의 실존을 뒤흔든다. 자신의 실존을 적극 기투企投할 수 없는 그는 또 다시 피투被投된 존재로서 외로운 처지와 결핍 상태에 사로잡힐 수밖에 없다. 참된 자아와의 만남에 실패한 그는 비로소 자신의 처지를 반성하고 성찰한다. "한꽃나무를위爲하여그러는것처럼나는참그런이상스러운흉내를내었소."(문장6)라고.

시인의 참된 자아 찾기는 사실 "이상스러운흉내"를 낸 것에 불과했다. 나름대로는 "열심熱心으로" 스스로의 참 모습을 찾고자 했지만 결과적으로는 흉내만 내본 것으로 느껴질 뿐이다. 하지만 이런 정황을 꼭 부정적인 것으로 단정할 순 없다. 왜냐하면 시인이 몽롱한 무의식 속에서 경험한 자신의 이런 태도를 감추지 않고 회상몽을 말해주듯 의식 바깥으로 발화하고 있고, 또한 그 꿈속의 환상幻像을 적극적 상상으로 받아들여 자아 반성의 계기로 삼고 있기 때문이다.

무의식 속에 억눌린 자아의 감정을 현재몽처럼 변형하여 드러내고 있는 이 시는 그림으로 본다면 한 폭의 추상화에 해당한다. 벌판의 꽃나무와 또 다른 꽃나무 사이의 긴장감, 꽃나무와 사람의 합성, '나'의 고독하고 불안한 표정, 어디론가 달아나면서도 자아를 성찰하는 역설적 모습 등이 자유연상, 융합, 치환, 상징화라는 꿈의 작업을 통해 캔버스 위에 그려지고 있다. 그러므로 무의식 속에서 느낀 이런 표상체험들은 한갓 무의미한 허상虛像이 아니라 자아 성찰을 위한 소중한 오브제로 받아들여진다.

5.

인간이 무의식 속에 억압된 감정을 꿈의 작업을 통해 현재몽으로 드러내는 것은 공허한 환영幻影이나 망상, 뜬구름 같은 것만은 결코 아니다. 무의식과 꿈의 경계를 오가며 자유분방하게 이합집산을 거듭하는 표상의 조각들을 의식의 세계로 끌어들여 다시 언어나 색채, 선율로 표현했을 때 하나의 의미 있는 예술작품이 탄생하게 되기 때문이다. 인류 역사를 돌이켜볼 때 다수의 사람들이 무의식 혹은 몽중에서 체험한 것을 문학, 예술, 과학 분야 등에 구현하거나 현실적 여러 문제 해결에 활용한 사례들은 모두 꿈에 대해 적극적 상상을 한 결과이다. 꿈은 이처럼 어렴풋한 신기루 같다가도 때로는 새로운 창조의 힘과 활력을 이 세상에 놀랍게 불어넣어 주기도 한다.

2

시인의 부름,
시인의 귀향

코드와 탈脫코드, 기억과 반反기억

-시, 자유로운 욕망의 흐름

코드와 탈코드

시는 형식과 내용, 리듬律과 이미지彩가 아름다운 조화를 이룰 때 극치의 맛을 우려낸다. 시는 붓 가는 대로 편하게 '쓰이는' 것이 아니라 오랫동안 시의 본도를 익히고 절차탁마해온 시인이 그 치열한 정신과 내적 숨결을 원고지에 '토해내는' 것이다. 그러므로 시 창작에는 일정한 법도가 있고 보이지 않는 긴장의 끈이 있다. 리듬과 이미지, 형식과 내용, 개별 시어들이 서로 멋진 하모니를 이루어 시의 주제를 이끌어낼 때 독자들의 감흥을 불러일으킨다. 이것은 일찍이 플라톤이 주장한 시의 통일성과도 연관된다. 이 통일성은 시의 각 요소가 유기적으로 그물망처럼 직조되어 전체적으로 조화를 이루어야 한다는 뜻이다.

신비평가인 클리언스 브룩스(1906~1994)는 이렇게 쓰인 시를 두고 '잘 빚은 항아리'라 명명한 바 있다. 적절한 균제미와 조화미를 나타내는 시는 독자들의 뇌리에 오래 기억되고 그 시적 감동도 깊게 전해진다. 이런 부류의 시는 당대 사회 구성원들의 공통감각과 그 시대에 익숙하게 통용되는 코드를 내포하고 있기 때문에 독자들에게 낯설지 않게 다가온다. 독자들은 리듬과 이미지, 비유와 상징 등 시인이 보내는 다양한 약호略號를 친근하게 인지하면서, 그 약호의 비밀을 쉽게 풀어낸다.

돌담에 속삭이는 햇발같이
풀 아래 웃음짓는 샘물같이
내 마음 고요히 고운 봄길 위에
오늘 하루 하늘을 우러르고 싶다.

새악시 볼에 떠오는 부끄럼같이
시詩의 가슴에 살포시 젖는 물결같이
보드레한 에메랄드 얇게 흐르는
실비단 하늘을 바라보고 싶다.
- 김영랑, 「돌담에 속삭이는 햇발」 전문

봄날에 느끼는 순수한 감정을 표현한 이 시는 향토성을 바탕으로 하여 시인의 정서를 호소력 있게 전해주고 있다. 3음보를 근간으로 하는 리듬은 우리의 전통 시가인 민요의 율격을 그대로 계승하고 있고, '돌담·햇발·풀·샘물·새악시' 등의 시어는 1930년대 농촌사회의 정서와 자연 친화적 성향을 적절히 반영하고 있다. 또한 두 연이 각각 4행의 대칭구조를 이루어 적절한 균제미를 이루고 있고, 물이 흐르는 듯한 유음('

르')의 반복은 시의 음악성을 높여주고 있다. 이러한 특징들은 향토적·자연 친화적 정서를 공유하는 당대 사회의 구성원들뿐만 아니라 민요나 시조 등 전통 시에 익숙한 독자들에는 친숙한 코드로 인식된다. 더욱이 '돌담·햇발·풀……' 등의 기표記標가 각각 하나의 기의記意와 소박하게 연결됨으로써 시의 의미가 난해하게 받아들여지지도 않는다.

우리 현대시사를 돌이켜볼 때 시의 성격이나 경향이 어떠하든 많은 시편에서 지금까지 이런 특성들을 밑바탕으로 하는 친숙한 코드의 시화詩化가 하나의 큰 흐름을 이루며 지속되어 왔다. 특히 1980년대 일군의 현실 비판적인 민중시에도 이 같은 전통 시가의 율격과 적절한 대칭구조, 친근감 있는 향토적·자연 친화적 정서를 나타내는 시어들이 반복적으로 사용됨으로써 독자들과 적지 않은 공감대를 이룬 바 있다. 그래서 이 낯익은 코드가 하나의 토포스*Topos* 즉 영토화를 이룬 것처럼 느껴지기도 했다. 이런 공감은 한국인의 무의식 속에 자연에 대한 정복이 아니라 그 자연과 조화를 이루려고 하는 정경교융情景交融의 원형적 감정이 일반적으로 내재하고 있기 때문이다.

하지만 친숙한 코드에 대한 관습적 시화詩化는 시인의 자유로운 창조정신에 간섭 효과를 일으켜 매너리즘에 빠진 시의 남발이라는 부작용을 초래하기가 쉽다. 시 창작에 있어서 이러한 고착화된 영토화는 필경 G. 들뢰즈(1925~1995)가 말한 것처럼 탈영토화*decode*나 재영토*recode*화라는 반작용을 불러일으킬 수밖에 없다. 들뢰즈는 현대사회에서 인간의 정신이 이른바 '수목樹木모델' 같이 좌우 대칭적 균형을 보이는 것이 아니라, '리좀(땅속 줄기식물)' 모델처럼 자유분방하게 활동하고 뻗어가는 것이라고 보았다. 인간의 자유 의지와 욕망의 흐름이 통제되지 않고 얽매임 없이 파동치는 노마드적 사고*nomadism*를 그는 강조했다.

시에 있어서도 이런 반전통, 반코드의 움직임은 이미 20세기 초 아방가르드 운동의 일환으로 전개된 미래파와 러시아 형식주의, 다다이즘과 초현실주의, 그리고 이후 등장한 모더니즘과 포스트모더니즘의 물결에서 지속적으로 확인된 바 있다. 특히 하나의 기표를 하나의 기의에 자의적으로 연결하여 고착화하려는 관점이나, 주체의 중심축을 강조하는 생각을 파괴하려는 J. 데리다(1930~2004)의 '탈구축脫構築' 정신은 해체시의 등장에 큰 영향을 준 것으로 보인다. 이제 잘 빚어진 항아리의 시는 깨어질 수밖에 없다. 이처럼 파편화되어 다시 빚어지는 시의 탈영토화, 재영토화는 다음 시에서도 예외가 아니다.

살어리 살어리랏다 資本에 살어리랏다
머리랑 다리랑 먹고 資本에 살어리랏다
 얄리얄리 얄랑셩 얄라리 얄라

우러라 우러라 새여 자고 니러 우러라 개여
널라와 시름 한 나도 자고 니러 우니노라
 얄리얄리 얄라셩 얄라리 얄라

…(중략)…

살어리 살어리랏다 利子에 살어리랏다
남의 자기 굴조개랑 먹고 利子에 살어리랏다
 얄리얄리 얄라셩 얄라리 얄라
- 박남철, 「자본에 살어리랏다」 부분

고려 속요 「청산별곡」을 패러디한 이 시는 기존의 코드화된 기제-향토성, 이상향 동경, 자연친화-를 해체하고 현대 자본주의의 물신풍조를 신랄하게 풍자하는 것으로 새롭게 재코드화하고 있다. 이 시에 적용된 패러디는 패스티시, 키치, 콜라주 등과 더불어 해체시에서 즐겨 사용하는 풍자와 야유의 기법이다. 패러디의 사전적 정의는 '기성 작품의 내용이나 문체를 교묘히 모방하여 과장이나 풍자로서 재창조하는 것'이다. 작자와 독자 모두에게 잘 알려진 작품(원작)을 공개적으로 모방하여 새롭게 재창조함으로써 골계미의 효과를 극대화하려는 것이 패러디의 전략이다.

이 시도 독자들에게 이미 잘 알려진 고려 속요의 가사에 시인이 의도하는 시어를 중첩시킴으로써 현대 자본주의의 탐욕스러운 모습을 여지없이 조롱하고 있다. 표면적으로는 민요조의 율격(3음보)과 울림소리('ㅇ', 'ㄹ')의 반복, 리드미컬한 후렴구를 그대로 계승하고 있지만, 이 친숙한 코드를 통해 시인은 "資本에 살어리랏다"에서처럼 황금만능주의에 빠진 현대인들의 부패한 정신을 시니컬하게 비판하고 있다.

독자에게 친숙한 코드는 그만큼 전파력이 더 강하다. 그래서 이 친숙한 코드를 역이용하여 시인은 자신이 전략적으로 의도하는 시어들로 시를 재再 코드화함으로써 독자들의 통념을 해체하고 이질적인 경험을 하게 한다. 이 낯선 경험은 '머루랑 다래랑 먹고→머리랑 다리랑 먹고', '청산에 살어리랏다 → 資本(利子)에 살어리랏다', '우러라 새여→우러라 개여' 등에서 보듯 원작의 향토적, 애상적 정조에서 벗어나 현대 자본주의의 횡포를 냉소적으로 비판하는 새로운 주제 의식을 접하게 하는 것이다. 따라서 원작의 기표들은 하나의 기억이나 기의에 고정되지 않고 데리다의 언술처럼 그 의미가 자유롭게 차연*différance*됨으로써 독자들에게 이제까지 느끼지 못한 새로운 의미로 다가서게 된다.

기억과 반기억

역사와 전통, 또는 사회적 관습은 그 사회 구성원들의 집단적 기억에 의해 보존되며 다음 세대로 전해진다. 이 계승을 통해 새롭게 태어난 사회 구성원들은 문화의 연속성과 자기 정체성, 공동체적 동질성을 느끼며 살아간다. 전·후 세대에서 보이는 이런 유기적 연결은 그 밑바탕에 세대를 초월하는 공통감각이 자리 잡고 있고, 관습화된 코드가 중심축을 이루면서 균형을 잡아주고 있기 때문에 가능하다. H. 베르그송(1859~1941)에 의하면 물질은 같은 운동만 반복하기 때문에 기억이 존재하지 않지만, 인간의 의식은 자유로운 파동과 연쇄에 의해 기억을 함으로써 순수지속이 가능하게 된다. 그래서 이 기억을 통해 과거-현재-미래가 동일성을 잃지 않고 계기적으로 이어지게 되는 것이다. 전통의 계승은 이런 맥락에서 이해될 수 있다.

지금 어드메쯤
아침을 몰고 오는 분이 계시옵니다.
그분을 위하여 / 묵은 이 의자를 비워 드리지요.

지금 어드메쯤
아침을 몰고 오는 어린 분이 계시옵니다.
그분을 위하여 / 묵은 의자를 비워 드리겠어요.

먼 옛날 어느 분이
내게 물려주듯이

지금 어드메쯤
아침을 몰고 오는 어린 분이 계시옵니다.
그분을 위하여 / 묵은 의자를 비워 드리겠습니다.
- 조병화, 「의자」 전문

이 시는 '의자'라는 일상의 사물을 통해 세대교체의 당위성과 미래의 새 역사 창조를 위한 연속성을 강조하고 있다. 이 시에서 "아침을 몰고 오는 어린 분"은 새 역사와 문화를 창조할 신세대를, '의자'는 기성세대가 지니고 있던 사회적 지위나 직책을 상징한다. 시인은 "먼 옛날 어느 분이 / 내게 물려주듯이" 자신의 모든 기득권과 역할을 기꺼이 "묵은 의자를 비워 드리겠습니다"에서처럼 미래 세대에게 물려주고자 한다. 특히 이 시에 나타난 반복법과 점층법은 시인의 의지를 강하게 느끼게 해주며, 신세대에 대한 경어법 사용은 시인의 진정성을 더욱 잘 드러내 주고 있다.

역사의 전승에 대한 이러한 신념은 사회 구성원으로서의 공동체적 동질감을 느낄 때 가능한 것이다. 신·구세대 간의 몰이해와 갈등으로 인한 단절감이나 불연속성이 아니라, 기억과 신뢰에 바탕을 둔 이 같은 연속성은 역사적 낙관주의를 떠올리게 한다. 한 나라의 역사와 전통, 문화의 전승은 신·구세대 간의 무의식 속에 공통된 코드가 존재하지 않으면 불가능하다. 이 코드는 보이지 않는 사회적 약속이며 상호 믿음에 근거한 연결고리이다.

하지만 역사의 연속성 대한 이러한 신뢰는 후기 구조주의자들에 의해 심각한 도전을 받게 된다. 이들 중에서 미셸 푸코(1926~1984)는 인간이 지닌 몸의 욕망이나 본능도 생래적으로 타고난 순수한 것이 아니라, 인간이 삶의 현장에서 접하는 다양한 분위기나 조건에 의해 재구성된 것이라고 보았다. 그에 따르면 인간의 욕망은 절대적 진리나 순수지속

또는 보편적 법칙에 견인되는 것이 아니라, 시시각각 명멸을 거듭하는 사건들의 해체와 재구성 가운데 실현되는 것이다. 따라서 전통의 전승과 역사의 연속성에 대한 낙관주의 역시 이론적으로는 가능한 것이나, 실제적으로는 허구에 가까운 것일 수도 있다. 왜냐하면 한 개인이 지닌 역사의식은 과거에 대한 절대적 기억에 의존하는 것이 아니라, 그 시대의 예측 못할 여러 가지 정치·경제·사회·문화적 인자들에 의해 학습되고 재구성된 것들이기 때문이다. 그러므로 역사는 체계적이고 통일된 기억이 아니라 불연속적이고 파편화된 기억에 의해 일각一刻마다 새롭게 구성되어 간다.

이런 단절된 역사의식을 푸코는 '반기억counter-memory'이라 명명했다. 그는 역사의 연속성이나 동일성을 거부하면서, 이것들을 기술하는 거대 서사는 결국 그 사회의 지배 이념이 작용하는 것이라 보았다. 그래서 역사의 불연속성을 강조하면서 체계적인 기억이 아니라 성性이나 광기狂氣 등 매 순간 주체의 내면에 조각처럼 부서지며 스쳐 가는 자유분방한 의식, 즉 쇄편화碎片化된 기억에 주목하고자 했다.

이 같은 단절과 반기억 현상을 보이는 시편들 중에서 특히 다음 시에 눈길이 강하게 끌린다.

거울속에는소리가 없소
저렇게까지조용한세상은참없을것이오

거울속에도내게귀가있소
내말을못알아듣는딱한귀가두개나있소

거울속의나는왼손잡이오
내악수를받을줄모르는-악수를모르는왼손잡이오

…(중략)…

나는지금거울을안가졌소마는거울속에는늘거울속의내가있소
잘은모르지만외로된사업에골몰할게요

거울속의나는참나와는반대요마는
또꽤닮았소
나는거울속의나를근 심하고진찰할수없으니퍽섭섭하오
- 이상,「거울」부분

'거울'이라는 도구를 핵심 제재로 하고 있는 이 시는 시인의 과잉된 자의식을 밖으로 표출하고 있다. 무의식의 세계를 자동기술법과 의식의 흐름 기법으로 드러내는 이 시는 초현실주의적 성향을 잘 보여준다.

그런데 이 시에서는 역사의 연속성이나 동일성, 자기 정체성을 갖게 하는 체계적인 기억이 작용하지 않는다. 시인은 역사나 사회는 물론 본질적 자아로부터도 철저히 단절되어 있다. 이 단절은 기억의 파편화와 해체를 의미하며, '나'와 세계를 이어줄 어떤 연결고리도 없다는 것을 나타낸다. 이 같은 현상은 시의 1연에서 표현된 "거울속에는소리가 없소 / 저렇게까지조용한세상은참없을것이오"에서 은유적으로 드러난다. 거울 밖과 안의 세계는 '소리의 세계'와 '소리 없는 세계'로 완전히 차단되어 있다. '나'와 세계 사이에 동일성과 공통감각으로 연결되는 연속성이 아니라 불연속적 폐쇄성이 시인의 의식을 사로잡고 있을 뿐이다.

이런 반기억의 심리 상태는 필경 시인으로 하여금 주체의 무의식이나 내면으로 시선을 돌리게 한다. 그래서 시인은 역사나 전통, 사회 대신에 거울을 바라보며 자아 성찰 혹은 자기 유희에 몰입하게 된다. 하지만 거울 밖의 현실적 자아가 끊임없이 거울 속의 본질적 자아를 만나려 하지만 그 꿈은 제대로 실현되지 못한다. 왜냐하면 "내말을못알아듣는딱한귀", "내악수를받을줄모르는-악수를모르는왼손잡이"에서 느껴지듯 두 자아는 심각하게 분열되어 있기 때문이다.

이 자아 분열은 현대인의 정신적 고뇌와 불안을 상징하는 것이기도 하다. 특히 이 시가 쓰인 1930년대는 일본 제국주의의 만주 침략, 국제연맹 탈퇴, 중일전쟁 발발 등 국내외적으로 혼란과 불안이 매우 심화되던 시국이었다. 그래서 시인 개인의 폐쇄적 성향과 시대적 상황이 중첩되어 자아 분열과 단절이 가중되었을지도 모른다.

어쨌거나 거울 속의 세계와 소통이 불가능한 현실적 자아는 역사와 사회 혹은 세상과 연결되는 아름다운 기억 대신에 "외로된사업"처럼 혼자만의 고립된 반기억의 세계에 갇혀 자기 유희에 '골몰'할 따름이다. 이 유희는 "거울속의나는참나와는반대요마는 / 또꽤닮았소"에서와 같이 역설적 언사로 나타나는가 하면, 규범적 띄어쓰기를 해체하는 자동기술법 등으로 표현되기도 한다.

거울이나 다른 도구를 매개로 한 이러한 유희는,

> 아내가 외출만 하면 나는 얼른 아랫방으로 와서 그 동쪽으로 난 들창을 열어 놓고 열어놓으면 들이비치는 햇살이 아내의 화장대를 비쳐 가지각색 병들이 아롱이 지면서 찬란하게 빛나고, 이렇게 빛나는 것을 보는 것은 다시없는 내 오락이다. 나는 조그만 돋보기를 꺼내가지고 아내만이 사용하는 지리가미를 꺼내 가지고 그을려 가면서 불장난을 하고 논다. …(중략)… 이 장난이 싫증이 나면 나는 또 아내의 손잡이 거울을 가지고 여러가지로 논다. 거울이란 제 얼 굴을 비칠 때만 실용품이다. 그 외의 경우에는 도무지 장난감인 것이다. 이 장난도 곧 싫증이 난다.
>
> - 이상, 단편소설 「날개」 부분

에서도 잘 드러난다. 아내가 외출한 후 '돋보기'와 '거울'을 가지고 장난을 치면서 노는 주인공의 모습은 거울 앞에서 자아를 끝없이 반추해 보는 앞(시 「거울」)의 시적 자아와 다를 바 없다. 시대나 사회와 단절된 시인은 이제 민족 혹은 사회 공동체와 연계된 거대 서사가 아니라 극히 개인적이고 소소한 미니멀리즘에 몰입하게 된다. 그러므로 위의 시나 소설에 등장하는 '거울'은 자아 성찰의 매개체이자 자아 분열과 만남의 모순된 상징물로서, 또는 자기 유희의 도구로 읽힌다.

그렇다면 시인은 왜 이처럼 거울 앞에서 자신의 모습을 비춰보기를 좋아하는가? 거울 앞에서 자신을 바라본다는 것은 마치 유아가 거울을 보면서 동일성을 느끼며 기뻐하는 모습을 떠올리게 한다. 이 모습은 인간의 욕망을 매개로 하여 J. 라캉(1901~1981)이 분류한 세 단계 세계를 상기시켜 준다. 그의 정신분석 이론에 의하면 '상상계'에서는 주체의 관심이 오직 자기 자신에게로 쏠리면서 자아 중심적 욕망에 사로잡힌다. 이때 주체는 모성의 안온한 품에 안겨 이미지의 세계에만 몰입하려 한다.

하지만 아이가 점차 성장하여 언어를 습득하면서부터 '상징계'로 진입하게 된다. 이 단계에서는 타자들과 상호 관계를 이루면서 사회적 존재로 살아가야 한다. 이때 주체는 부성父性의 권위나 힘과 부딪침을 경험해야 하고 언어를 통해 학습한 타자의 욕망도 자아화해야 한다. 그러므로 이 상징계는 상상계와 달리 타자와의 관계 속에서 빚어지는 자아의 불안이 심화되는 시기이다. 그래서 주체는 언어로 포장된 타자의 욕망이 아닌, 자아의 순수한 욕망의 세계로 나아가고자 한다. 이 세계가 바로 '실재계'이다.

이 시를 쓴 시인의 이력을 보면 그는 유아기의 상상계를 거쳐 언어의 덫에 갇힌 현실계 즉 상징계에서 살아가면서 개인적으로 많은 시련에

봉착한다. 결혼의 실패, 불온사상으로 일경日警에 체포 및 구금, 경제적 파산, 지병의 악화 등 현실에서 마주친 삶은 고통 그 자체였다. 그래서 이 시를 통해 느껴지듯 자아는 끝없이 거울을 바라보면서 현실계의 그물망에서 벗어난 순수한 자아의 세계 즉 실재계로의 이행을 시도하지만 모두 실패하고 만다.

시인이 만나고자 하는 실재계(거울 안)의 본질적 자아는 영원히 해후할 수 없는 신기루 같은 존재이다. 그래서 시인은 이 시의 마지막 연에서 보듯 "나는거울속의나를근심하고진찰할수없으니퍽섭섭하오"라고 토로하고 있다. 이 고백에서처럼 시인은 순수 욕망의 세계로 나아갈 수 없다는 좌절감 때문에 실재계로 진입하려는 몸을 움츠리게 된다. 까닭에 실재계로 나아가는 통로가 되어 주길 바랐던 거울은 오히려 다시 유아기의 거울단계로 되돌아가 나르시시즘과 자기 유희에 빠지게 하는 도구가 되고 말았다.

거울의 이 이중성! 그러므로 인용 시에서 '거울'은 다중적 의미의 애매성을 띠면서 팽팽하게 당겨진 긴장된 언어*tevsive language*로서의 특징을 가장 잘 보여주고 있다. 이렇게 본다면 이 시는 역사나 사회의 체계적인 전승이나 동일성을 거부하는 불연속성과 반기억의 단절감을, 그리고 상징계에서 실재계로 이행하려는 시적 자아가 좌절감을 느끼고 다시 상상계로 회귀하려는 도피적 심리 상태를 중층적으로 형상화한 것으로 평가받을 수 있다.

내포와 포괄의 시학

- 신비평으로 다시 시 읽기

시와 장력 언어

시는 외연의 언어가 아니라 내포의 언어를 통해 표현된다. 외연의 언어가 언중言衆들이 사회적 약속에 따라 사용하고 있는 객관적·사전적·지시적 언어라면, 내포적 언어는 시의 문맥 속에서 다양하게 해석될 수 있는 주관적·함축적·상징적 언어를 지칭한다. 그러므로 '새鳥'라는 단어는 시에서는 단순한 외연적 의미로서의 조류鳥類가 아니라 '자유, 희망, 동경, 순수, 자연… 등 다양한 상징적 의미로 변주되어 읽히는 것이다.

시의 경우, 이 내포적 특성은 의미가 중층적으로 압축되어 있는 것이므로 그 기의記意가 항상 개방되어 있다. 또한 이 내포적 성격은 상호 이질적인 인자因子나 이미지들 중 어느 하나를 배제하지 않고 모두 시의 문맥 속에서 결합하려는 특성을 지니므로 포괄의 시학으로 이해되기도 한다. 그래서일까? 영국의 비평가 I. A 리쳐즈(1893~1979)는 단순하고 평면적 의미를 주는 배제의 시보다는 복합적인 의미와 얼개로 직조된 '포괄의 시'를 더 좋은 시로 평가하고 있다.

시어의 이 같은 내포적, 포괄적 특성은 시에서 은유와 상징, 역설과 아이러니, 공감각과 복합감각, 애매성과 난해성, 알레고리와 혼성모방 등 다양한 방법으로 구현되고 있다. 이러한 특성들은 대부분 20세기에 이르러 시 창작의 새로운 지평을 지향한 것으로, 그리고 세계 인식의 폭을 입체화하여 심화시킨 것으로도 이해된다. 시의 언어는 내포 또는 포괄에 의해 구성되므로 대상에 대한 의미가 평면적으로 이해되는 것을 거부한다. 시인의 통합적 감수성에 의해 어떤 이질적인 요소라도 시인의 의식 속에서 새롭게 조합되고 연결된다. 그 때문에 시의 세계는 인습화된 현실보다 더 아슬아슬하고 긴장감이 있다. 따라서 시의 언어는 P. 휠라이트가 말했듯이 마음을 옥죄는 '장력 언어*tensive language*'이며, 이 팽팽히 압축된 언어를 통해 시인은 대상 혹은 세계를 창조적으로 인식하고 통찰하려 한다. 이제 시가 지향하는 이 내포와 포괄의 시학 속으로 잠시 발을 들여놓아 보기로 하자.

역설 혹은 비확정적 언사

형식 논리학에서 배중률排中律은 'A가 참이면 B는 거짓이고, B가 참이면 A는 거짓이다'라는 경우를 말한다. 따라서 배중률은 A도 B도 아닌 중간적 제3자는 인정하지 않는 논리법칙이다. 그러므로 배중률의 언사는 두 대상의 관계에서 서로 모순이 없는 결정적이며 확정적인 언사이다. 하지만 시의 언어는 이런 확정적 언사가 아니라 모순의 원리를 바탕으로 하는 비확정적 언사이다. 이런 언사의 대표적인 수사 방식이 바로 역설*paradox*이다. 역설은 '특정한 경우에 논리적 모순을 일으키는 논증'으로써 기존의 통념에 신선한 충격을 주어 어떤 깨달음에 이르게 하거나 진리를 통찰하게 한다.

나는 당신의 옷을 다 지어 놓았습니다.
심의深衣도 짓고, 도포도 짓고, 자리옷도 지었습니다.
짓지 아니한 것은 작은 주머니에 수놓는 것뿐입니다.

…(중략)…

나의 마음이 아프고 쓰린 때에 주머니에 수를 놓으려면, 나의 마음은 수놓는 금실을 따라서 바늘구멍으로 들어가고, 주머니 속에서 맑은 노래가 나와서 나의 마음이 됩니다.
그리고 아직 이 세상에는 그 주머니에 넣을 만한 무슨 보물이 없습니다.
이 작은 주머니는 짓기 싫어서 짓지 못하는 것이 아니라, 짓고 싶어서 다 짓지 않는 것입니다.
- 한용운, 「수繡의 비밀」 부분

여성적 어조로 발화되고 있는 이 시는 수를 놓는 과정을 통해 '당신(임)'에 대한 변치 않는 사랑의 마음을 표현하고 있다. 시의 화자는 임에 대한 지극한 정성으로 '당신의 옷'을 여러 벌 지어 놓고 있다. 다만 "짓지 아니한 것은 작은 주머니에 수놓는 것뿐"인데, 그 이유는 옷 짓는 일을 조금 남겨둠으로써 임을 계속 그리워하고 기다릴 수 있기 때문이다.

특히 "나의 마음은 수놓는 금실을 따라서 바늘구멍으로 들어가고, 주머니 속에서 맑은 노래가 나와서 나의 마음이 됩니다"에서 보듯 '나의 마음'과 주머니 속에서 나오는 '맑은 노래'가 서로 하나가 되는 장면은 임과 완전한 일체감을 나타낸다. 그것은 화자가 승려 신분이라는 점을 생각하면 '나'와 '불성佛性'과의 불이不二, 또는 분별지가 없는 상태를 의미하는 것이기도 하다.

그런데 주목되는 것은 화자가 임의 옷에 달린 '작은 주머니' 짓기를 일부러 마무리하지 않고 있는데, 그것을 "짓고 싶어서 다 짓지 않는 것입니다"라고 역설적으로 표현한 점이다. 주머니를 짓고 싶었다면 '지어야' 논리에 맞다. 그런데도 화자는 짓고 싶어서 '짓지 않았다'고 하여 일반적 통념과 상식을 뛰어넘고 있다. 논리적으로 보면 '주머니를 짓고 싶다(A)'와 '주머니를 짓고 싶지 않다(B)' 중 A가 참이면 B가 거짓이거나, B가 참이면 A가 거짓이 되어야 한다. A와 B는 배중률의 지배를 받아 그 사이에 중간자가 없는 확정적 언사의 관계를 이루고 있다. 하지만 화자는 이 배중률의 구속을 초월하여 "짓고 싶어서 다 짓지 않는 것"이라는 배리背理의 모순된 어조로 표현하고 있다.

역설법은 수사 방식 중 변화법에 해당한다. 이 표현을 쓰면 문장의 단조로움에서 벗어나 주의를 환기하는 효과를 거둘 수 있고, 역행적 언술을 통해 글의 심층에 담긴 진실을 통각統覺하는 데 용이할 수도 있다. 그런 까닭에 시에서는 역설적 표현이 단순한 언어유희나 기교가 아니라 주제 파악과 대상 인식의 깨달음을 위한 중요한 수단이 된다. 일찍이 클리언스 브룩스(1906~1994)가 그의 저서 『잘 빚어진 항아리』에서 "시의 언어는 패러독스의 언어이다"라고 주장한 바 있듯이, 역설은 그만큼 시의 수사 방식에서 매우 중요한 위치를 차지하고 있다.

그런 이유 때문일까? 많은 시인들은 "찬란한 슬픔의 봄"(김영랑, 「모란이 피기까지는」), "결별이 이룩하는 축복"(이형기, 「낙화」), "괴로웠던 사나이 / 행복한 예수 그리스도"(윤동주, 「십자가」), "강철로 된 무지개"(이육사, 「절정」), "소리 없는 아우성"(유치환, 「깃발」) 등에서처럼 역설적 표현을 즐겨 사용하면서, 시가 지닌 장력 언어로서의 긴장감과 포괄의 시학이 주는 효과를 극대화하려고 한다.

컨시트 혹은 감수성의 통합

미국의 시인이자 비평가인 J. C 랜섬(1888~1974)은 신비평을 이끈 중심인물 중의 한 사람이다. 그의 시론을 보면 사물시와 관념시를 배제하고 현대시에 있어서 '형이상시'의 중요성을 강조하고 있다. 그에 의하면 사물시는 시에서 관념을 배제하고 사물이 주는 이미지만을 강조하고 있고, 관념시는 너무 플라토닉한 사상에 경도되어 추상적인 관념이 지배하는 시를 의미한다. 이에 비해 형이상시는 이 양자의 특성을 모두 받아들여 시적 긴장감과 포괄의 미학을 극대화하려는 시를 말한다. 이 형이상시는 17세기 영국의 시인 존던의 시(「제한된 사랑」)와 앤드류 마블의 시(「수줍은 여인」) 등에서 그 초석을 다졌고, 20세기에 이르러 I.A 리처즈, T.S 엘리엇 등의 신비평가들에 의해 다시 한번 관심의 대상으로 떠오르게 되었다.

형이상시의 중요한 특징 중의 하나가 바로 이질적인 요소들의 신선한 결합이라는 '컨시트*conceit*' 기법이다. 이를테면 마블의 저 유명한 시의 구절 "시간의 날개 달린 마차"(앞의 시, 「수줍은 여인」)에서처럼 추상적 시간과 구체적 사물인 마차가 재치 있게 결합됨이 그것이다. 그러므로 형이상시에는 기지*wit*가 넘치고 서로 무관한 듯한 감각이나 정서들이 시인의 창조적 기상奇想과 상상력에 의해 자유롭게 결합된다. 이것을 엘리엇은 '감수성의 통합'이라 언명한 바 있다. 그에 의하면 일반적인 생활 속에서 일상인들은 감수성의 분열 상태에서 살아간다. 즉 일상인들은 삶에서 다양하게 경험하는 인자因子들을 통합하거나 결합하지 못한 채 무질서하고 파편화된 상태로 인식한다. 그래서 엘리엇의 말대로 일상인들은 연인들이 서로 사랑하는 것과 스피노자를 읽는 것에 아무런 연결고리를 발견하지 못하며, 타자기 치는 소리와 부엌에서 풍기는 요리 냄새 사이에서도 어떤 연관성을 찾지 못한다.

하지만 시인은 이 이질적인 요소들을 통합적 감수성으로 결합하거나 융합하면서 시를 통해 창조적인 컨시트를 구현한다. 그래서 역설과 아이러니, 공감각적 표현과 중층 묘사 등이 시에서 활발하게 사용되고 있다. 실제로 엘리엇의 명작 『황무지』에는 기독교와 불교, 철학과 종교, 그리스 신화의 인물들과 현대 문명의 부산물, 선과 악, 삶과 죽음, 과거와 현재 등의 이질적인 요소들이 통합적으로 직조되어 구현되면서 감수성의 일대 혁명을 보이고 있다. 이러한 감수성의 혁신은 무절제한 감정과 매너리즘에 빠진 낭만주의 시작법詩作法에 대한 반동이며, 지성과 감성의 극점을 융합하여 삶과 세계를 새롭게 통찰해 보려는 신선한 시 그널로 이해된다.

그렇다면 우리나라의 현대시사에서는 이런 경향의 시를 찾을 수 없을까? 다음 시는 이 질문에 대한 적절한 답을 던져주고 있다.

> 벌목정정伐木丁丁이랬거니 아람도리 큰 솔이 베혀짐즉도 하이 골이 울어 멩아리 소리 쩌르렁 돌아옴즉도 하이 다람쥐도 좇지 않고 뫼새도 울지 않어 깊은 산 고요가 차라리 뼈를 저리우는데 눈과 밤이 조히보담 희고녀! 달도 보름을 기달려 흰 뜻은 한밤 이 골을 걸음이란다? 웃절 중이 여섯 판에 여섯 번 지고 웃고 올라간 뒤 조찰히 늙은 사나이의 남긴 내음새를 줏는다? 시름은 바람도 일지 않는 고요에 심히 흔들리우노니 오오 견디랸다 차고 올연兀然히 슬픔도 꿈도 없이 장수산 속 겨울 한밤내-
>
> - 정지용 「장수산 1」 전문

『문장』 2호(1939)에 처음 발표된 이 시는 형이상시의 흔적과 감수성의 통합을 잘 보여주고 있다. 주지하다시피 정지용은 1930년대 한국 모더니즘 시를 개척한 시인 중의 한 사람이다. 그래서 그의 시는 전대前代의 낡은 창작 기법에서 벗어나 지성을 바탕으로 새로운 발상과 신선한 이미지의 창출을 지향하고 있다. 이 시 역시 예외가 아니다. 전체적으로 보아 인용 시는 청각·시각·촉각·후각 등 다양한 이미지들의 연쇄와 상호 융합을 인상 깊게 드러내어 이미지즘으로서의 특징을 잘 나타내준다. 그런데 이보다 더 주목되는 것은 이 시가 다양한 이질적인 요소들을 서로 결합시켜 감수성의 통합과 컨시트의 메커니즘을 보여주고 있다는 점이다.

이 작용 원리를 분석해 보면 우선 다양한 이미지들이 파편화되지 않고 주제를 중심으로 서로 일체감을 이루며 결합되어 있다는 것을 들 수 있다. "벌목정정伐木丁丁"(청각), "뼈를 저리우는데"(촉각), "큰 솔·눈·조히"(시각), "내음새"(후각) 등의 감각적 심상을 시인은 긴밀하게 연결시키면서 장수산이 품은 '고요'의 세계를 떠받쳐 주고 있다. 특히 "늙은 사나이의 남긴 내음새를 줏는다?"라는 표현에는 '후각의 촉각화'라는 감각의 전이가 이뤄지고 있어, 두 개의 이질적인 감각이 통합적 감수성에 의해 융합되고 있음을 느낄 수 있다.

다음으로 이 시에서 파악되는 컨시트는 추상적 관념어와 구체적 이미지의 결합을 들 수 있다. 앞서 언급했듯이 형이상시는 관념에도 물질에도 경도되지 않고 이 모두를 내포하는 포괄의 시학을 지향하고 있다. 인용 시 역시 이미지즘 기법이 두드러지긴 하지만 물질의 이미지에만 치우치지 않고, 그 이미지에 시인의 주관을 결합하여 미학적 융화를 적절히 구현하고 있다. 이를테면 "고요가 차라리 뼈를 저리우는데"에서 '고요'라는 추상적 개념이 '뼈에 저리다'라는 촉각적 이미지와, "밤이 조히 보담 희고녀!"에서 '밤'이라는 추상적 시간이 '희다'라는 시각적 이미지와, "시름은 바람도 일지 않는 고요에 심히 흔들리우노니"에서 '시름'이라는 추상적 관념어가 '흔들리다'라는 시각적 이미지와 각각 결합되고 있음이 그것이다. 이 같은 감수성의 통합은 시인의 신선한 감각과 촉수, 세계를 통각적으로 인식하려는 예지가 있었기 때문에 가능한 것이다.

결국 이 시에 나타난 의미를 전체적으로 관류貫流해보면 '큰 솔-산-눈-달-골-웃절중' 등의 이미지가 서로 긴밀히 조응하면서 자연과 자연, 자연과 사람, 천상과 지상이 시인의 감수성 속에서 하나로 융합되고 있음을 느낄 수 있다. 이 조응과 응집을 통해 시인은 "오오 견디랸다 차고 올연兀然히……"에서 드러나듯 순수한 탈속적 삶에 대한 의지를 짧지만 긴 여운으로 전해주고 있다.

애매성 혹은 긴장성

시의 언어는 지시적 언어가 아닌 비유 또는 상징이 개입된 함축적 언어를 사용한다. 그러므로 시의 언어는 내포성과 압축성이 강해서 그 언어 속에 은폐된 의미를 이해하기가 매우 어렵다. 가령 '먹구름'이라고 하면 축어적으로는 '몹시 검은 구름'이라는 뜻이지만, "먹구름이 깔리면 /

하늘의 꼭지에서 터지는 / 뇌성이 되어……"(박남수, 「종소리」)라는 시구에서는 그 먹구름이 '억압의 시대, 불안, 시련, 절망' 등을 상징하여 의미가 모호하게 느껴짐이 그것이다. 이런 까닭에 시의 언어는 가독성可讀性이 용이하지 않은 애매성을 띠는 것으로 인식된다.

시의 언어에 대한 이러한 특성에 대해 미국의 비평가인 W. 엠프슨(1906~1984)은 그의 저서 『애매성의 일곱 가지 유형』에서 구체적으로 논한 바 있다. 이 중 몇 가지 애매성의 유형을 살펴보면, 하나의 시어나 문장이 두 가지 뜻으로 이해되거나 이중 효과를 미치는 것, 서로 상반되는 두 개의 시어가 결합되어 모순된 의미나 복합 심리를 나타내는 것, 동음 반복이나 의미 도치, 비합리적 표현을 통해 결정적 이해를 이끌어낼 수 없게 하는 것 등을 들 수 있다.

시어의 이 같은 애매성으로 인해 그 시어를 읽는 독자들에겐 항상 긴장감을 준다. 그래서 샤갈의 마을에 눈이 내릴 때 "새로 돋은 정맥"(김춘수, 「샤갈의 마을에 내리는 눈」)이 무엇을 의미하는지, 또한 아직 한기寒氣가 매서운 삼월三月의 바다에서 "나비 허리에 새파란 초승달이 시리다"(김기림, 「바다와 나비」)라는 구절은 어떻게 읽어내야 하는지 독자들은 괴로운 것이다. 이 괴로움은 표면적인 의미와 심층적 의미 사이의 거리가 너무 멀기 때문이고, 이 거리가 멀어지거나 서로 팽팽하게 대립할수록 A. 테이트(1899~1979)는 시에서 한층 더 긴장감이 조성되어 좋은 시가 된다고 보았다.

그런데 이처럼 신비평가들에 의해 활발하게 논의된 시어의 애매성이 우리 고전 문학작품에서도 일찍부터 산견된다는 점이 매우 놀랍다. 우리의 일부 고전 시가나 판소리계 소설, 마당극과 같은 갈래에서도 이런 애매성의 효과를 찾아볼 수 있다.

① 청산리靑山裏 벽계수碧溪水야 수이감을 자랑마라
일도창해一到滄海 허면 다시 오기 어려워라
명월明月이 만공산 허니 쉬어간들 어떠리
- 황진이

② 주곡제금奏穀啼禽은 천고절千古節이요,
적다정조積多鼎鳥는 일년풍一年豊이라.
일출 낙조日出落照가 눈앞에 벌여나 경개 무궁景概無窮 좋을씨고.
- 작자 미상, 「유산가遊山歌」 부분

인생의 무상함과 현실적 삶의 향유를 노래하고 있는 ①은 익히 잘 알려진 시조이다. 조선 전기의 명기名妓였던 황진이는 이 시조에서 임에 대한 사랑의 마음을 자연 이미지를 통해 유려하게 표현하고 있다. 여기서 주목되는 것은 '벽계수碧溪水'와 '명월明月'이라는 시어이다. 축어적으로 본다면 벽계수는 '계곡의 푸른 물', 명월은 '밝은 달'이라는 의미로 이해된다. 하지만 이 시어들에는 작자의 전략적 트릭과 위트가 숨어 있고 그것을 중의법으로 표현하고 있다. 이 중층적 의미의 애매성을 분석해 보면 벽계수는 작자가 흠모했던, 당시 고고한 인품을 지닌 종친의 한 남자(호號가 벽계수로 알려짐)이고, 명월(황진이의 호)은 작자 자신을 나타내고 있다. 그래서 이들 시어는 의미의 평면성에서 벗어나 입체성을 확보하게 되고 시적 긴장감과 묘미를 배가시키고 있다.

②의 시가詩歌 역시 중의법을 통한 의미의 모호성이 전략적으로 잘 구사되고 있다. 조선 후기 서민들이 향유했던 이 시가는 '잡가'라는 갈래답게 우리나라 강산과 중국의 설화, 의성어와 의태어의 교차, 양반과 서민 계층의 어투 등 다양한 제재를 컨시트 기법처럼 조합하여 봄산에서 즐기는 풍류를 노래하고 있다.

그런데 이 시가에서도 주목되는 것이 '주곡제금奏穀啼禽'과 '적다정조積多鼎鳥'라는 두 시어이다. 왜냐하면 '주곡奏穀'과 '적다積多'에는 중의적 표현을 통해 작자의 교묘한 트릭과 위트가 숨어 있기 때문이다. 이들 시어는 중국의 촉나라 전설과 깊은 관련을 맺고 있는데, 그 내용은 간악한 시모媤母가 착한 며느리에게 밥을 제대로 주지 않아 그 며느리가 굶어 죽어서 소쩍새가 되었다는 것이다. 그래서 '주곡'은 원뜻과 달리 '밥주걱'으로, '적다'는 '솥이 적다(작다)'라는 음차音借로 각각 해석되어 며느리의 사무친 한을 나타내는 것으로 읽힌다. 이렇게 볼 때 ①, ②의 시가에서 사례로 든 시어들은 모두 의미의 애매성 또는 모호성이라는 전략을 취하고 있는 것으로 평가된다.

이러한 비확정적 언사는 그 의미 선택을 독자들의 몫으로 돌림으로써 시의 긴장감을 높여줌과 동시에, 주술을 풀어가는 듯한 흥미도 이끌어낼 수 있는 효과를 준다. 이 의미의 애매성은 고전 시가뿐만이 아니라 고전 산문에서도 부분적이나마 여러 곳에서 목격되고 있다. 가령 "어추워라, 문들어온다, 바람 닫아라. 물 마른다, 목 들여라"(『춘향전』)에서 보듯 어순 도치를 통하거나, "마굿간에 들어가 노새원님을 끌어다가"(『봉산탈춤』)에서처럼 단어의 이질적 합성('노새원님' : 노새+생원님)을 통해서, 그리고 "네가 중이라고 칭하였으나 미색 데리고 춘 춤을 보니 거리 노중만 못하다"(『꼭두각시놀음』)에서 보듯 중의적 표현('노중' : 老衆 혹은 路中)을 통해서도 나타나고 있음이 그것이다. 이같이 언어의 애매성은 다양한 방법을 통해 표현됨으로써 작자의 의도와 주제 의식을 효과적, 전략적으로 드러내는 데 이바지하고 있다.

한편, 현대시에 있어서도 이러한 시어의 애매성은 더욱 개성적으로 전개되고 있다.

나는 바퀴를 보면 굴리고 싶어진다.
자전거 유모차 리어카의 바퀴
마차의 바퀴
굴러가는 바퀴도 굴리고 싶어진다.
가쁜 언덕을 오를 때
자동차 바퀴도 굴리고 싶어진다.

길 속에 모든 것이 안 보이고

보인다, 망가뜨리고 싶은 어린날도 안 보이고

보이고, 서로 다른 새떼 지저귀던 앞뒷숲이

보이고 안 보인다, 숨찬 공화국이 안 보이고

보인다, 굴리고 싶어진다. 노점에 쌓여 있는 귤,

옹기점에 얹어져 있는 항아리, 둥그렇게 누워 있는 사람들,

모든 것 떨어지기 전에 한 번 날으는 길 위로.

- 황동규, 「나는 바퀴를 보면 굴리고 싶어진다」 전문

부정적 현실에 대한 비판을 통해 이상적 삶으로 나아가길 바라는 주제를 담고 있는 이 시는 다양한 방법으로 애매성의 전략을 구사하고 있다. 우선 이 시에는 그 중심 이미지인 '바퀴'라는 시어를 통해 모호성의 효과를 극대화하려는 점이 주목된다. 바퀴는 원형의 이미지로 '자전거, 유모차, 리어카, 마차, 자동차' 등에 딸린 교통수단의 한 부속물이다. 하지만 이 시에서는 그런 일반적 의미가 아니라 그 바퀴를 "굴리고 싶어진다"라는 시인의 마음과 연결되어 '소망의 매개체'라는 또 다른 상징적 의미로 읽힌다. 그래서 '바퀴'라는 하나의 객관적 상관물에 '굴리고 싶어진다'라는 시인의 주관적 생각이 반복적으로 연계되어 이 시는 시적 긴장감은 물론 애매성을 다분히 띠게 된다. '바퀴'는 관습적 의미가 아니라 시인의 개인적 상징을 나타내고 있으므로 의미가 모호해지고 난해해질 수밖에 없다.

이런 모호성은 2연에서도 계속된다. 이 연을 보면 "길 속에 모든 것이 안 보이고 / 보인다,…(중략)… / 숨찬 공화국이 안 보이고 / 보인다," 등에서처럼 '안 보인다 / 보인다'라는 부정어와 긍정어가 행간 걸침의 기법을 통해 반복되고 있다. 그런데 이 '부정→긍정'은 "서로 다른 새떼 지저귀던 앞뒷숲이 / 보이고 안 보인다"에서는 '긍정→부정'으로 갑자기 변화를 보인다. 이것은 역설법과 의미 도치 또는 치환置換이 뒤섞인 표현이며 의미 이해의 애매성을 심화시켜 주는 언표이기도 하다. 이 부분을 읽는 독자라면 순간, 적지 않은 당혹감과 긴장감을 느끼게 될 것이다.

그렇다면 시인은 왜 이런 모호성의 트릭과 전략을 구사할까? 그것은 다름 아닌 망각하고 싶은 현실이 시인의 눈앞에 잊힌 듯 다시 나타나는 데 대한 거부감과, 보고 싶은 현실이 사라진 것에 대한 안타까움을 모순 어법과 의미 도치를 통해 동시에 강조하려고 했기 때문이다. 특히 시인이 느끼는 부정적 현실은 '숨찬 공화국'에서 암시되듯 군사 독재라는 억압적인 시대 상황과 밀접한 연관을 맺고 있다. 이런 사회에는 삶의 활력과 생동감이 없고 무기력이 팽배해진다. 마땅히 움직여야 할 것들이 꿈을 잃어버린 채, 제 자리에 붙박여 무의미한 삶을 반복하고 있을 뿐이다.

이런 연유로 "시인은 노점에 쌓여 있는 귤,/ 옹기점에 엎어져 있는 항아리, 둥그렇게 누워 있는 사람들"을 너무 늦기 전에 "한 번 날으는 길 위"로, 즉 희망의 세계로 보내고 싶었던 것이다. 이렇게 본다면 시인이 자꾸 "나는 바퀴를 보면 굴리고 싶어진다"라고 모호하게 되뇌는 말의 숨은 의미가 밝혀진다. 그것은 다름 아닌 정체된 삶에서 벗어나 자유와 행복이 있는 꿈의 세계로 굴러가고 싶다는 소망을 암묵적으로 드러낸 것이다.

시는 이와 같이 표면적 의미가 아니라 내포적, 함축적 언어를 통해 다양한 의미와 상상의 세계로 독자들을 자유롭게 이끌어간다. 일상적 삶 속에서 경험하는 무수한 인자들과 감각들을 시인은 특유의 감수성으로 통합하여 팽팽한 긴장감과 신선한 맛으로 새로운 시의 세계를 열어준다. 그 이유 때문일까? 지성과 감성, 존재와 당위, 현실과 이상, 시적 상상력과 철학적 사유가 팽팽한 장력張力으로 융합된 내포와 포괄의 시학이 동시대의 시인들에게 언제나 유효하다는 생각을 지울 수 없다.

시의 언어에 나타난 서정적 힘

- '부름'과 '리듬', 그 강렬한 정념의 파동

1.

언어는 소리와 다르다. 소리는 일정한 음운체계가 있는 언어와 달리, 단순한 음의 파동이나 동물들의 입에서 본능적으로 튀어나오는 울림이다. 이에 비해 언어는 인간이 사회 공동체에서 경험한 것에서 얻은 지식이나 신념, 가치관 등을 서로 전달하는 수단으로서의 음성(말)과 문자를 가리킨다. 이 언어를 통해 인간은 추상적 사유를 하고 이성적 판단을 하며 문화를 창조할 수 있었다. 그러므로 언어 속에는 인간의 지성과 지혜, 자연과 우주와의 교신을 가능케 하는 통찰력이 내장되어 있다.

그런데 기독교적 입장에서 볼 때 이 언어에는 근원적으로 신의 숨결이 스며있다. 태초에 천지창조는 신(하느님)이 발화하는 말씀-거룩하고 신령한 말-을 통해 이루어졌다. "빛이 생겨라"(창세기 1, 6)하자 빛이 만들어져 어둠과 나누어졌고, "땅에서 푸른 움이 돋아나거라"(창세기 1, 11) 하자 자연의 온갖 초목들이 생겨나게 되었다. 그래서 창조된 모든 것이 그' 말씀'에서 생명을 얻게 되었고, 말씀은 곧 창조자로 인식되었다.

그러므로 인간이 신으로부터 부여받은 말에는 근원적으로 특별하고 신성한 힘이 내포되어 있다. 신의 숨결에서 나온 영원한 로고스가 인간의 언어 속에도 생명의 씨앗처럼 발아하고 있다. 이 로고스는 철학적으로는 인간 '이성의 능력'을, 기독교적으로는 세계 만물의 존재 근거인 '신의 말씀'을 의미한다. 따라서 언어의 힘을 통하지 않고서는 세계가 인식될 수도 존재할 수도 없고, 언어철학자들의 말처럼 '세계 자체가 곧 언어'인 것이다. 시인은 이 언어를 통해 어둠 속에 잠든 대상의 이름을 부르며 그것들의 가슴에 숨결을 불어 넣는다.

언어의 이 같은 힘은 불교의 진언眞言에서도 확인될 수 있다. 진언은 고대 인도에서 사용되던 범어로서 그 사전적 의미는 '석가의 깨달음이나 서원誓願을 나타내는 참된 말'이다. 신주神呪, 밀주密呪, 밀언密言 등으로 번역되기도 하는 이 진언은 신을 불러 신성하고 마력적인 힘을 작용하게 한다고 전해진다. 이 진언을 지속적으로 염송하면 번뇌와 무명, 마성을 타파하고 열반 증득에 이를 수 있다고 한다. 왜냐하면 진언에는 불보살의 어떤 위신력威伸力이 내포되어 있다고 중생들이 믿었기 때문이다. 말의 이 신성한 힘은 후대에 문자가 발명된 뒤에도 말의 거푸집인 문자 속에 그대로 용해된다. 그래서 말과 글, 즉 언어에는 어떤 불가해한 힘이 존재하는 것이다.

언어에는 이처럼 원천적으로 신비하고 놀라운 창조의 힘이 숨어있다. 특히 그 창조의 힘은 시적 표현을 통해 이루어지고 있음이 주목된다. '에파타(열려라)', '사바하(뜻을 이루소서)' 같은 명령 또는 원망願望형의 어투는 힘찬 생명력이나 화자의 단호한 의지, 간절한 소망을 나타낼 때 시에서 흔히 쓰는 표현이다. 태초의 언어에는 이처럼 창조와 생명의 힘이 있었고 영적 에너지가 충만해 있었다.

2.

언어에 내장된 이 생명력은 우리나라 상고시대의 시가에서는 주술적인 힘과 서정적인 정조로 나타나고 있다.

① 龜何龜何	거북아 거북아
首其現也	머리를 내어라
若不現也	내놓지 않으면
燔灼而喫也	구워서 먹으리

–「구지가」 전문

② 公無渡河	임이여 물을 건너지 마오
公竟渡河	임은 결국 물을 건너셨네
墮河而死	물에 빠져 돌아가시니
當奈公何	가신 임을 어이할꼬

–「공무도하가」 전문

『삼국유사』 가락국기조에 전해지는 ①의 노래는 가락국 건국신화와 깊은 관련을 맺고 있는 한역가漢譯歌이다. 일명 영신군가迎神君歌라 불리는 이 고대 가요는 언어의 주술성을 강하게 드러낸다. '거북(신령한 대상)'의 이름을 부르며 위협하여 "머리(왕)를 내어라"고 명령한다. 이 명령형은 반복법 및 정형률과 어우러져 더욱 강렬한 에너지로 표출된다. 이것은 부족 국가에서 벗어나 절대 군주에 의해 다스려지는 강력한 국가를 갈망하는 당대인들의 염원을 드러낸 것이다. 그러므로 태초에 신의 숨결이 배인 언어는 이 시대의 시가에 이르러서도 놀라운 생성의 힘과 다이내믹한 창조의 파동을 보여준다. 다만 이 노래는 설화 속에 삽입된 집단 시가로서 본격적인 서정시는 아니다.

『고금주古今注』에 설화와 함께 전해지는 ②는 집단 가요가 개인 서정시로 넘어가는 과도기적 작품이다. 우리나라 서정시의 원류로 평가되는 이 고조선 시대의 노래는 '임'과 사별한 슬픔의 정서를 잘 나타내고 있다. 시의 화자는 '임'을 애타게 부르면서 그가 물을 건너 떠나려 하는 행위를 만류한다. 하지만 임은 기어코 물을 건너다가 죽게 되고 화자는 절망과 체념에 사로잡힌다. 화자의 이 애틋한 정조가 "건너지 마오"라는 명령형 어조와 일정한 정형률의 리듬을 타고 절실하게 표출되고 있다. 「구지가」에서 보이는 주술적 힘이 이제 서정적 정조를 드러내는 힘으로 변화되고 있음을 암시해 준다. 비록 언어의 초월적 힘은 보이지 않지만, 화자의 무의식 깊이 침윤해 있는 정조를 밖으로 분출하려는 정한의 기운이 엿보인다.

그런데 두 인용 시가의 경우 주술적 혹은 서정적 힘이 발휘될 때 몇 가지 특징이 수렴된다. 'ⅰ)대상에 대한 이름 부르기 ⅱ)반복법 또는 명령법의 사용 ⅲ)4언 4구의 리듬 타기'가 그것이다. 대상의 이름을 부른다는 것은 현상학적으로는 은폐된 존재자의 본질을 탐색하여 드러내는 것, 또는 무의미한 대상을 유의미한 존재로 일깨움을 뜻한다.

인용 시가에서 보듯 부름은 반복법이나 명령형의 화법을 통해 더욱 강한 효과를 준다. 또한 시의 언어들이 4언 4구체의 적절한 운율과 융합됨으로써 주술적 힘과 서정적 정조를 더욱 증폭시켜 준다. 4구의 기승전결起承轉結은 춘하추동春夏秋冬의 네 박자로 된 자연의 리듬과 일치한다. 그 리듬은 시작과 끝을 머리와 꼬리처럼 연결하는 자연의 한 사이클이자 생성의 순환고리이다. 따라서 시의 언어는 이 자연의 리듬을 타고 발화될 때 더욱 큰 힘을 발휘하게 된다.

그런데 이 '부름' 의식에는 화자의 간절한 요청이나 염원, 위협이나 의지가 내재되어 있다. 인용 시에 나타난 화자들도 '거북'과 '임'이라는 대상의 이름 부르기를 통해 자신들의 처지에 어떤 변화를 갈망한다. 이때 세계는 화자에게 열려 있고, 화자는 세계를 향해 꿈을 꾼다.

상고시대 시가에서 나타난 이 같은 주술적, 서정적 언어의 힘은 그 이후 신라 시대의 향가에 이르러서도 여러 곳에서 산견된다.

오늘 여기에 산화가散花歌를 불러
뿌린 꽃아 너는

곧은 마음이 시키는 그대로

미륵좌주彌勒座主를 모시어라

-「도솔가」 전문

『삼국유사』에 전해지는 4구체 향가이다. 전해지는 설화에 의하면 신라 경덕왕 19년(서기 760) 4월 초하루에 이일병현二日竝現이라는 해괴한 현상이 열흘간 계속되었다. 그래서 임금의 명을 받은 월명사가 이 노래를 지어 부르니 그 변괴가 사라졌다고 한다. 하늘에서 갑자기 두 개의 태양이 나타났다는 것은 신라 시대에 내물계와 무열계의 치열한 왕권 다툼을 상징한다. 이 혼란한 시국에 임금은 지나가는 월명사를 청해 향가를 부르게 함으로써 안정을 되찾고자 한 것이다. 이 시가도 앞 시대의 「구지가」나 「공무도하가」처럼 부름('꽃아')과 명령형('모시어라'), 그리고 4구의 적절한 운율을 타면서 화자의 간절한 염원을 드러내고 있다. 그리고 부름과 상관하는 대상이 모두 신령스러운 존재(구지가-거북 / 도솔가-미륵)라는 점도 특이하다.

이 밖에도 「처용가」, 「원가」 등에서도 이러한 언어의 주술적 힘은 잘 드러나 있다. 당시 신라 사람들이 향가를 숭상하면서 "그러므로 자주 천지와 귀신을 감동시킨 것이 한두 가지가 아니다故往往能感動天地鬼神者非一"(『삼국유사』 권5 감통편)라고 한 것은, 시의 언어가 그것을 노래하는 사람의 지극한 정성에 따라 얼마나 강력한 힘과 법력을 보여주는가를 잘 입증한다.

이 시대에는 이런 거대 담론인 국가적 문제만이 아니라 미시 담론인 개인적 정서를 노래한 향가인 「제망매가」, 「찬기파랑가」 등도 창작되었다. 이런 개인 서정은 이미 상고시대의 「공무도하가」에 그 연원을 두고 있다. 그래서 주술적인 힘 이외에 개인적 서정의 힘이라는 또 다른 큰 물결이 우리 고전 시가에서 함께 흐르고 있음을 알 수 있다.

3.

고려 속요에 이르러 시의 언어에는 주술성이 잠복하고 서정성이 본격적으로 나타나기 시작한다. 앞 시대에서 대두된 '感動天地鬼神'에서 벗어나, 시가 개인의 희로애락을 표출하려는 경향이 강해진다. 특히 그 중에서도 삶의 애환이나 이별의 한, 남녀 애정의 문제가 시의 중심 화두로 떠오르고 있다.

① 살어리 살어리랏다 청산靑山애 살어리랏다
　멀위랑 ᄃᆞ래랑 먹고 청산靑山애 살어리랏다
　　얄리얄리 얄랑셩 얄라리 얄라

　우러라 우러라 새여 자고 니러 우러라 새여
　널라와 시름 한 나도 자고 니러 우리노라
　　얄리 얄리 얄랑셩 얄라리 얄라

- 작자 미상, 「청산별곡」 부분

② 삼월 나며 개開ᄒᆞᆫ 아으 만춘晩春 ᄃᆞᆯ욋고지여
ᄂᆞ미 부롤 모습을 디녀 나샸다
아으 동동動動다리

사월 아니 니저 아으 오실셔 곳고리새여
므슴다 녹사錄事 니믄 녯 나를 닛고신뎌
아으 동동動動다리
- 작자 미상, 「동동動動」 부분

③ 대동강大同江 아즐가 대동강 너븐디 몰라셔
위 두어렁셩 두어렁셩 다링디리
ᄇᆡ 내여 아즐가 ᄇᆡ 내여 노ᄒᆞᆫ다 샤공아
위 두어렁셩 두어렁셩 다링디리
네 가시 아즐가 네 가시 럼난디 몰라셔
위 두어렁셩 두어렁셩 다링디리
녈 ᄇᆡ예 아즐가 녈 ᄇᆡ예 연즌다 샤공아
위 두어렁셩 두어렁셩 다링디리
- 작자 미상, 「서경별곡」 부분

이 세 편의 시가는 고려 서민들의 삶의 애환(①)과 이별의 정서(②, ③)를 잘 나타내고 있다. ①에서 '청산靑山'은 고단한 현실에서 벗어난 이상적 공간을 암시한다. 이 노래 역시 부름('새여')과 명령형('우러라'), 그리고 반복법을 통해 화자의 간절한 마음을 드러내고 있다. 화자는 청산으로 가는 도중 '새'라는 객관적 상관물의 이름을 불러 자신의 감정을 이입하면서 삶의 애환을 위로받고자 한다. 특히 이 소망은 3음보의 운율과 반복법, 후렴구 "얄리 얄리…"에서 보이는 울림소리를 통해 효과적으로 드러나고 있으며, 시적 화자의 정서 전달과 호소력의 힘을 배가시켜 주고 있다.

②의 시가 역시 화자의 간절한 소망이 부름의 방식을 통해 잘 드러난다. 화자는 이별한 임이 다시 돌아오기를 바라는 애타는 마음을 객관적 상관물을 통해 호소한다. 그는 '돌욋고지여', '곳고리새여'라고 자연물의 이름을 불러봄으로써 이별의 상황을 부각시키며 임과의 재회를 갈망하고 있다. 특히 이 부름이 "아으 동동動動다리"라는 후렴구의 악기소리, 그리고 3음보의 음률과 어우러져 화자의 염원이 더욱 간절한 울림으로 전해진다.

③의 시가에서도 이런 현상은 예외가 아니다. '대동강'을 배경으로 하는 이 시가는 남편을 배에 태워 간 사공의 이름을 부르면서('사공아') 원망하는 화자의 마음을 잘 나타내고 있다. 화자가 남편과의 이별을 강하게 거부하는 것은 남편이 다른 여자와 바람을 피울지 모른다는 염려를 하기 때문이다. 특히 이런 심정이 "위 두어렁셩~"으로 반복되는 후렴구

와 3음보의 율격에 융합되어 절실한 전달 효과를 주고 있다. 이처럼 고난 또는 이별의 상황에 처해 그것을 극복하려는 고려 서민들이 간절한 소망이 부름의 형식을 통해 감동적으로 표출되고 있는 것이다.

이제 자연의 변괴나 국가적 혼란과 연관된 거대 담론이 아니라, 시의 언어는 한 개인의 희로애락과 연계된 미시 담론을 본격적으로 담아내기 시작한다. 그러므로 부름의 대상에서도 변화가 일어난다. 그 변화는 부름의 대상이 시적 화자의 개인적 정서와 밀접한 연관을 맺고 있는 객관적 상관물로 바뀌게 된다는 점이다. 즉 부름의 대상이 '신령스러운 존재→정서적 등가물'로 그 변화를 보이고 있다. 또한 이 시대에는 시적 정서가 화자의 내면으로 지향되면서 '나'라는 주체가 이 세계에서 '어떻게' 처해 있고 '왜' 살아가고 있는가 하는 존재의 문제를 이끌어내기 시작한다. 이 같은 담론의 변화는 「가시리」, 「만전춘 별사」, 「쌍화점」, 「이상곡」, 「서경별곡」 등의 이른바 남녀상열지사男女相悅之詞 계열의 고려 속요에서 특히 잘 드러난다.

시 속에 담긴 이러한 담론의 변화는 시의 언어가 주술적 또는 초자연적 세계에서 벗어나, 인간의 정념을 압축하여 표현하려는 서정시 본래의 힘을 드러내고 있다. 「청산별곡」의 경우 시의 언어가 비록 신통한 주력呪力은 보여주지 못하지만, 화자의 무의식에 내장된 정조의 힘이 청자의 마음 깊이 투사되면서 서정적 감동과 감흥을 불러일으키게 한다. 이때 서정시는 에밀 슈타이거가 말한 대로 '회감回感 *Erinnerung*'의 힘에 이끌려 화자와 청자의 심장을 함께 두근거리게 한다.

언어는 근원적으로 로고스이다. 이 로고스는 철학적으로는 인간 이성의 능력이자 종교적으로는 세계 만물의 존재 근거가 된다. 이 같은 언어가 시의 언어에서는 초자연성에 바탕을 둔 주술성에서 인간의 정서를 환기하는 서정성으로 대체하게 된 것이다.

4.

조선시대에 이르러 언어의 서정적 힘은 더욱 많은 시가들에서 활기를 띠게 된다. 이 시대는 이미 고려 중엽 이후 새롭게 대두된 갈래인 시조와 가사를 통해 시의 언어가 개인적 정조를 주로 담아내게 된다. 이 정조에는 남녀 애정이나 연군의 정, 자연 친화나 삶의 애환, 사대부의 절의나 학문적 의지, 유배의 억울함 등을 하소연하는 내용이 주조를 이루고 있다.

① 짚 방석 내지 마라 낙엽엔들 못 앉으랴
솔불 혀지 마라 어제 진 달 돋아 온다
아희야 박주산채薄酒山菜 ㄹ망정 없다 말고 내어라
- 한호

② 이바 니웃드라 산수山水 구경 가쟈스라
답청踏靑으란 오ᄂᆞᆯ ᄒᆞ고, 욕기浴沂란 내일 ᄒᆞ새

아ᄎᆞᆷ에 채산採山ᄒᆞ고, 나조ᄒᆡ 조수釣水ᄒᆞ새
ᄀᆞᆺ 괴여 닉은 술을 갈건葛巾으로 밧타 노코
곳나모 가지 것거 수 노코 먹으리라
- 정극인, 「상춘곡」 부분

③ 화란춘성花爛春城하고 만화방창萬化方暢이라
때 좋다 벗님네야 산천경개를 구경 가세
죽장망혜竹杖芒鞋 단표자單瓢子로 천리강산 구경 가세
만산홍록滿山紅綠들은 일년 일도 다시 피어
춘색春色을 자랑노라 색색이 붉었는데
창송취죽蒼松翠竹은 창창울울蒼蒼鬱鬱하고
기화요초琪花瑤草 난만중爛漫中에 꽃 속에 잠든 나비
자취 없이 날아든다
- 작자미상, 「유산가遊山歌」 부분

①은 시조, ②는 가사 ③은 잡가이다. 이들 시가 역시 갈래의 이질성에도 불구하고 대상에 대한 부름('아희야', '니웃드라', '벗님네야')이 엿보인다. 하지만 이 부름의 대상은 화자 곁에 구체적으로 존재하는 실체적 인물이 아니라, 화자가 자기 정서를 강조하기 위해 설정한 가유假有의 존재이다. 그러므로 그 부름은 궁극적으로 자신에 대한 부름, 즉 자연친화의 삶을 마음껏 향유하고자 하는 화자의 내면의 부름으로 치환된

다. 이것이 상고시대에 나타난 초자연성의 부름과 다른 점이다. 그만큼 세상은 설화의 시대에서 서정시의 시대로 전회轉回를 하게 된 것이다.

이 부름과 반복법, 명령·청유형('마라', 'ᄒᆞ새', '내어라', '가쟈스라', '가세') 등의 시어들은 유장한 리듬과 융합되어 표출되면서 화자의 정서를 더욱 강하게 드러낸다. 서정시는 언어와 운율이 화음을 이루면서 표현됨을 그 특징으로 한다. 그러므로 인용 시가들은 고려 속요의 3음보처럼 정형률(3.4조, 4음보)을 타고 화자의 정서가 발해짐으로써, 시의 언어는 더욱 리드미컬한 서정적 투사력을 얻고 있다.

이와 같은 3음보 또는 4음보의 율격은 자연의 리듬을 그대로 옮겨 온 것이다. 자연은 세 박자 또는 네 박자의 리듬으로 흘러간다. '과거/현재/미래', '들숨/멈춤/날숨', '천/지/인'이 세 박자의 리듬이라면, '춘/하/추/동', '아침/점심/저녁/밤', '생生/장長/염斂/장藏'은 모두 네 박자 리듬이다. 따라서 우리의 전통 시가들이 3~4음보의 운율을 탄다는 것은 생명의 본성과 자연의 순리를 따르는 것이며, 그로 인해 더욱 살아있는 언어의 힘을 발휘할 수 있게 되었다.

정서적 압축을 통한 시의 이와 같은 힘은 이 시대에 김시습이 지은 소설 『금오신화』에서도 발견된다는 점이 특이하다.

> 황혼이 되자 이 서생은 최 처녀의 집을 찾아갔다. 문득 복숭아 꽃나무 한 가지가 담 밖으로 휘어져 넘어오면서 간들거리기 시작했다. 이 서생은 가까이 가서 살펴보니 그넷줄에 매달린 대광주리가 아래

로 드리워져 있었다. 이 서생은 그 줄을 타고 담을 넘어갔다. …(중략)… 그가 좌우를 살펴보니 최 처녀는 벌써 꽃떨기 속에서 시녀 향아와 함께 꽃을 꺾어 머리에 꽂고 구석진 곳에 자리를 펴고 앉아 있었다. 그녀는 이 서생을 보자 방긋 웃으며, 시 두 구절을 먼저 읊었다.

도리桃李 나무 얽힌 가지 꽃송이 탐스럽고
원앙새 베개 위엔 달빛도 곱고나

서생도 곧 뒤를 이어서 시를 읊었다.

이 다음 어쩌다가 봄소식이 샌다면
무정한 비바람에 또한 가련하리라
- 김시습, 「이생규장전」 부분

이 작품에서 보듯 등장인물들은 자신들의 연정의 감정을 산문적 진술이 아니라 압축된 시의 형식으로 표현하고 있다. 이들이 주고받는 시는 원작품에서는 한시로 되어있지만, 한글로 풀이된 인용 시는 4음보의 형식을 취하고 있다. 이 시대가 시조의 시대이므로 한시도 자연스럽게 이 같은 형식을 따른 것으로 보인다. 김시습의 『금오신화』에는 아주 중요한 장면마다 이렇게 등장인물들이 주고받는 한시가 자주 나타난다.

왜 그럴까? 그 이유는 시의 언어는 산문의 언어와 달리 고도의 압축성 또는 함축성을 내포하고 있기 때문이다. 고밀도의 언어가 압축되면 폭발력이 강해진다. 지층에 압축된 마그마처럼 시의 언어에는 시인의 정서가 뜨거운 열기와 에너지로 저장되어 있다. 이 압축된 언어가 일정한 리듬을 타고 표출될 때 시인의 정서는 강렬하게 표현될 수밖에 없다. 산문 속에서 시가 등장하여 정서를 극대화시키는 경우는 판소리나 서사 무가, 서양의 뮤지컬 등에서도 확인된다. 어쨌든 이 시대에는 소설 속에 삽입된 시를 통해서도 언어에 스민 서정적 힘이 얼마나 강한가를 잘 보여주고 있다.

5.

현대시에 이르러서도 시의 언어에 나타난 서정적 힘은 그대로 계승된다. 주정主情이든, 주의主意든, 주지主知든 현대시에도 이러한 전통적 율격은 의도적, 전략적으로 받아들여져 강한 호소력과 정념 표출의 힘을 발휘하는 데 활용되고 있다.

우선 '주정적'인 시를 통해 그것을 확인해 보기로 하자.

① 산산이 부서진 이름이여!
허공 중에 헤어진 이름이여!
불러도 주인 없는 이름이여!

부르다가 내가 죽을 이름이여!

심중心中에 남아 있는 말 한마디는

끝끝내 마저 하지 못하였구나.

사랑하던 그 사람이여!

사랑하던 그 사람이여!

- 김소월, 「초혼」 부분

② 아배요 아배요

내 눈이 티눈인 걸

아배도 알지러요.

등잔불도 없는 제사상에

축문이 당한기요.

눌러 눌러

소금에 밥이 많이 묵고 가이소.

윤사월 보릿고개

아배도 알지러요.

간고등어 한 손이믄

아배 소원 풀어들이련만

저승길 배고플라요.

소금에 밥이나 많이 묵고 가이소.

- 박목월, 「만술아비의 축문」 부분

①에서 시의 화자는 "사랑하던 그 사람"을 처절히 부르고 있다. 죽은 이의 혼을 불러내는 고복의식皐復儀式을 바탕으로 하는 이 시는 임에 대한 사별의 한을 드러낸다. 망자의 이름을 부른다는 것, 그것은 재회에 대한 간절한 염원을 나타낸 것이다. 자아와 단절된 대상이 부름을 통해 다시 '나'와 하나가 된다는 것은 주·객체의 영적 교류를 암시한다. 동시에 임의 상실로 인해 소외된 현실적 자아가 임과의 재회를 통해 자기동일성을 회복할 수 있음을 시사하기도 한다. 아무튼 이 부름은 적절한 반복법과 민요조의 율격(3음보)과 어우러져 화자의 정서를 강렬하게 전해주고 있다.

②의 시 역시 화자는 망자인 '아배'의 이름을 부르며 애틋한 혈육의 정을 표현하고 있다. 이 부름은 "알지러요", "묵고 가이소" 등의 반복법과 어우러져, 또한 3~4음보의 율격을 통해 화자의 간절한 정서를 효과적으로 표출시킨다. 부친의 제삿날 가난한 화자가 "소금에 밥이나" 차려놓고 망자를 부르는 것은 애틋한 사랑을 나타낸 것이다. 또한 이 부름을 통해 화자는 지극한 가난이라는 실존적 문제도 함께 비춰주고 있다.

화자의 의지를 강조하는 '주의적'인 시에서도 이 같은 특성이 잘 드러난다.

① 눈은 살아 있다.
떨어진 눈은 살아 있다.
마당 위에 떨어진 눈은 살아 있다.

기침을 하자.
젊은 시인이여 기침을 하자.
눈 위에 대고 기침을 하자.
눈더러 보라고 마음 놓고 마음 놓고
기침을 하자.
- 김수영, 「눈」 부분

② 신새벽 뒷골목에
네 이름을 쓴다 민주주의여
내 머리는 너를 잊은 지 오래
내 발길은 너를 잊은 지 너무도 너무도 오래
오직 한 가닥 있어
타는 가슴속 목마름의 기억이
네 이름을 남몰래 쓴다 민주주의여
- 김지하, 「타는 목마름으로」 부분

①의 시에서는 정의로운 삶에 대한 화자의 강한 의지가 돋보인다. 이 시는 부분적으로 3~4음보를 차용함으로써 강한 이미지의 시어들이 더욱 효과적으로 청자들에게 전달되는 힘을 얻고 있다. "젊은 시인"을 호명하는 화자의 목소리는 반복, 점층, 청유법 등과 어우러져 적절한 리듬을 타고 강렬하게 표출되고 있다. 이때 불림 받은 그 젊은 시인은 정의롭

고 순수한 타자이다. 하지만 심층적으로 볼 때, 이 시인은 화자의 내면 깊이 은폐되어 있는 양심의 존재로 이해된다. 따라서 젊은 시인에 대한 부름은 곧 자기 양심에 대한 불러냄이자 이끌어냄이다.

민주주의에 대한 애타는 열망과 의지를 보이는 ②도 이 같은 시적 언어의 힘을 잘 보여준다. 억압의 시대에 "민주주의"를 애타게 부르는 화자의 강한 목소리가 3~4음보의 리듬과 반복법의 물결을 타고 청자들에게 강렬한 호소력으로 전달되고 있다. 자유가 억압되는 시대에 화자는 민주주의를 '너'라는 애인처럼 갈망한다. '나'와 '너'의 단절감을 화자는 목 타는 부름으로 극복하려 한다. 이 부름을 통해 세계가 변화될 수 있다는 신념은 고대 가요의 주술성을 연상시킨다. 시의 언어는 이같이 대상에 대한 부름과 적절한 수사법, 운율이 서로 융합될 때 시대적 거대 담론도 전략적으로 담아낼 수 있다는 것을 잘 보여준다.

지적 조작이나 지성을 강조하는 '주지적'인 시에서도 이 전략은 유효하다.

① 내가 그의 이름을 불러주기 전에는
그는 다만
하나의 몸짓에 지나지 않았다.

내가 그의 이름을 불러주었을 때,
그는 나에게로 와서

꽃이 되었다.

- 김춘수, 「꽃」 부분

②

- MENU -

샤를로 보들레르	800원
칼 샌드버그	800원
프란츠 카프카	800원
이브 본느프와	1,000원
예리카 종	1,000원
가스통 바슐라르	1,200원
이하브 핫산	1,200원
제레미 리프킨	1,200원
위르겐 하버마스	1,200원

시를 공부하겠다는

미친 제자와 앉아

커피를 마신다

제일 값싼

프란츠 카프카

- 오규원, 「프란츠카프카」 전문

일반적으로 주지성이 강한 시는 운율보다 이미지를, 감성보다는 지성을, 자연발생성*sein*보다는 지적 조작이나 당위성*sollen*을 더 강조하고 있다. 따라서 시에서는 자유연상과 디포메이션, 낯설게 하기 기법이 자주 활용된다.

하지만 ①의 시 역시 3~4음보의 리듬을 부분적, 전략적으로 이용함으로써 이미지가 환기하는 서정적 힘과 효과를 증대시키고 있다. 시의 화자는 어느 날, 일상에서 흔히 볼 수 있는 대상인 '그(꽃)'의 이름을 부른다. '그'는 이름이 불리기 전에는 무의미한 존재자인 '몸짓'에 불과했다. 하지만 이름을 불러주는 순간 그는 '꽃'이라는 의미 있는 존재로 화자에게 인식된다. 대상의 이름을 부르며 그 본질을 성찰함은 '노에시스*noesis*-노에마*noema*'라는 현상학적 원리를 상기시켜 준다.

②는 일반적인 서정시의 형식에서 벗어나 참신한 기법을 보여주는 시이다. 이 시에는 포스트모더니즘 또는 해체시의 기법이 잘 드러나 있다. '메뉴'라는 제목 하에 서구의 유명한 문인들과 철학자들의 이름이 카페의 먹거리처럼 나열되어 요금이 매겨져 있는 것이 신선감을 준다. 시의 화자는 정신적 가치마저 상품화, 물질화되어 버린 현실에 비판을 보내고 있으며, 그 냉소주의는 "제일 값싼 / 프란츠 카프카"를 주문한 데서 극에 다다른다.

이 시는 호격조사를 사용하여 직접 대상을 불러내는 장면은 없다. 하지만 많은 사람들의 이름을 의도적으로 나열함으로써 부름의 효과를 시각적으로 은근히 잘 살리고 있다. 물질 만능주의에 사로잡힌 현대 문명을 비판하기 위해 화자는 세기적 문화인들을 전략적으로 의식 속에서 불러내었다. 이 열거된 시어들 역시 일정한 리듬을 타고 표출됨으로써 서정시 본래의 정서적 힘은 물론 현실 비판적 기능까지 잘 발휘하는 효과를 거두고 있다. 특히 이 시는 전체적으로 사람 이름과 숫자가 각각 서로 맞물려 나열되면서 2음보의 운율 형태로 전개되고 있다. 이 2음보가 대응 연첩하면 4음보로도 읽힌다. 이처럼 주지시에 있어서도 언어의 시각적 요소가 음악적 요소와 융합되어 시의 메시지를 더욱 강하게 전달해 주고 있음을 알 수 있다.

6.

인간이 사용하는 언어에는 근원적으로 신의 숨결이 스며있다. 태초에 모든 창조 행위가 이 언어를 통해 이루어졌다. 그리고 그 언어는 시적이다. 시의 언어는 산문의 언어와 달리 고도의 압축성 또는 함축성을 지니고 있다. 언어가 압축되었다는 것은 밀도가 매우 높아 언젠가 밖으로 힘 있게 표출될 수 있는 에너지가 저장되어 있다는 뜻이다. 시적 언어 속에 내장된 이 뜨거운 마그마가 일정한 리듬을 타고 표출될 때 시는 강렬한 창조의 힘을 발휘하게 된다. 그래서 때로는 시를 통해 세계의 변화가 일어나기도 하고, 세상에 무한한 꿈과 사랑이 심어지기도 하는 것이다.

특히 시인은 대상을 불러내는 존재이다. 이 부름 속에는 시적 화자의 간절한 꿈이 내재되어 있다. 그러므로 대상에 대한 '부름'은 세계의 자아화이고 이를 통해 시인은 궁극적으로 자기동일성 회복을 실현하고자 한다. 어둠 속에 묻혀 있는 익명의 대상들을 시인이 끝없이 불러냄으로써 무의미한 세계는 너울을 벗고 생기를 회복한다. 이 생기는 시의 가슴에서 흘러나오는 숨결과 리듬을 타고 세상으로 전해진다.

시인이 꿈꾸는 존재론적 귀향
- 우리 시의 가슴에 흐르는 낙토樂土 사상

1. 문을 열며

『에덴의 동쪽』은 미국 작가 존 스타인벡이 지은 소설이다. 이 작품은 엘리아 카잔 감독에 의해 다시 영화로 각색(1957)되어 전 세계에 널리 알려지게 되었다. 작가가 유년 시절을 보낸 캘리포니아주洲 살리나스를 배경으로 이 작품의 이야기는 펼쳐진다. 특히 구약성서 창세기에 등장하는 카인과 아벨의 이야기를, 영화에서는 쌍둥이 형제인 '아론(형)'과 '칼(동생)'의 갈등 구조로 재구성해 놓고 있다. 형제간의 반목과 질시, 부모와 자식 간의 불화로 뒤엉킨 트래스크 집안의 3대에 걸친 스토리가 긴장감 있게 전개되고 있다.

그렇다면 '에덴의 동쪽'은 무엇을 의미하는가? 에덴은 하느님이 인간에게 처음으로 마련해 준 이상향이다. 그곳은 영원한 생명이 약속된 곳이며 분별과 차별이 없는 곳이다. 에덴동산 '가운데' 서 있는 생명나무, 그것은 누구에게나 동일한 거리(평등한 반지름)를 느끼게 하는 사랑과 참 생명의 중심점이다. '자아-타자-세계'가 조화와 합일을 이룬 곳, 자기동일성이 극대화되는 곳이다. 이 낙원에서 '아담' 부부는 알몸이면서도 서로 부끄러워할 줄 모르고 행복하게 살고 있었다. 이들 부부는 "내 뼈에서 나온 뼈요 / 내 살에서 나온 살"(창세기 2, 23)로서 참된 일치를 이루며 살았다.

하지만 이 일체감은 '첫 인간' 부부의 원죄로 파편화되기 시작한다. 그 결과 두 사람은 눈이 밝아져 자신들이 알몸인 것을 알고 무화과나무 잎으로 앞을 가리게 된다. 눈이 밝아진다는 것, 그것은 곧 세속적 욕망과 이해타산의 문이 열린다는 뜻이다. 낙원 의식을 상실한 인간, 자아의 참된 동일성을 훼손한 인간에게 야훼 하느님은 존재론적 질문을 던진다. "너 어디 있느냐?"(창세기 3, 10)라고.

현실적 자아가 본질적 자아를, '나'가 삶과 존재의 근원을, 피조물이 조물주의 창조 질서를 잃어버린 이 실낙원失樂園 의식은 심각한 부정 의식을 유발한다. '첫 인간'의 순수성은 파괴되어 아담 부부의 원죄가 그 후손에게로 전가된 것이다. 이제 세상에 죄악이 뿌리내리기 시작한다. 아담의 장남 카인이 질투심으로 동생 아벨을 죽이는 사건이 그것이다. 카인은 그 죄에 대한 벌로 에덴의 동쪽인 '놋'으로 추방된다. 마침내 세상은 에덴과 에덴의 동쪽, 이 두 세계의 균열과 대립으로 맞서게 된다. 그러므로 이상향, 혹은 본질적 자아를 상실한 인간은 본능적으로 본향회귀를 위한 그리움에 사로잡힐 수밖에 없다. 특히 하이데거가 말한 것처럼 시인은 자기동일성 회복을 위한 근원으로의 '귀향*Heimkunft*'을 간절히 갈망한다. 인류의 무의식 속에 노스탤지어*Nostalgia*가 깊이 자리를 잡고 있음은 바로 이런 이유들 때문이다.

2. 인류 역사에서 추구되어온 이상향

인류 역사를 돌이켜 보건대 삶이 고단하고 세상이 혼란해 빠질 때마다 지속적으로 이상향이 추구되어 왔다. 일찍이 『시경詩經』의 '위풍魏風' 편에도 곡식을 앗아가는 큰 쥐(탐관오리)를 피해 낙토를 그리워하는 서민들의 염원이 '석서碩鼠'[5]라는 시를 통해 잘 나타나 있다.

이러한 이상향은 인류 역사에서 다양하게 전개되어왔다. 이를테면 아미타불이 다스린다는 불가의 서방정토, 중국 후난성湖南省에 위치한 별천지 무릉도원, 성리학의 성지인 무이산武夷山, 봉래산蓬萊山·방장산方丈山·영주산瀛洲山 등의 삼신산, 포세이돈이 지배하는 해저의 초문명국가 아틀란티스, 잉카 제국의 정복자 피사로가 전한 남미의 황금향 엘도라도, 페르시아 왕족들의 낙원인 파라다이스, 평등과 풍요의 세계로 알려진 토머스 모어의 유토피아 등이 그것이다.

삶에 지친 사람들의 이상향 꿈꾸기는 우리 민족의 경우도 예외가 아니다. 잦은 전란과 사회적 혼란으로 인해 우리 조상들이 꿈꾸어온 낙원은 동천복지洞天福地의 세계이다. 동천洞天은 깊은 계곡이나 동굴 속에 있는 별천지로서, 재해나 전쟁의 참화가 미치지 않는 복된 땅을 뜻한다. 이 땅은 선택받은 승지勝地이며 그중에서도 『격암유록』, 『정감록』을 참조하면 경북 풍기 금계촌, 예천 금당실, 안동 화곡, 두류산 등의 십승지

5) 춘추전국 시대 위魏나라의 백성들이 굶주림으로 떠돌며 낙토를 찾는 내용의 시. 당시 백성의 곡식을 수탈하는 탐관오리를 석서碩鼠 즉 큰 쥐에 비유한 풍자시임.

가 유명하다고 알려져 있다.

또한 신라인들이 추구한 불국토 사상도 주목된다. 신라인들은 누구나 부처가 될 수 있다고 믿고 있었다. 그들은 신라를 부처님의 나라로 생각하여 불국사를 영혼의 고향이라고 보았다. 특히 신라는 페르시아 사람들에게는 이상향으로 인식되던 나라였다. 고대 이란의 구전 서사시 「쿠쉬나메」에는 신라가 이상향으로 설정되어 있는데, 페르시아 왕자 '아비틴'과 신라 공주 '프라랑'의 사랑과 결혼 이야기도 함께 수록되어 전해진다.

고려인들의 이상향으로는 지리산 청학동이 유명하다. 이 지명은 최치원 선생이 청학을 타고 다녔다는 설화에서 유래되었다. 당시 문명文名을 떨치던 이인로李仁老도 청학동을 찾아 시를 남겼다는 기록이 『파한집』에 전해진다. 청학동은 해발 약 800m에 깊은 산속 청암면 묵계리에 있는데, 전란과 혼란을 피하기 좋은 십승지의 하나이다.

조선인들도 자신들의 이상향을 시조나 가사, 그림 등을 통해 표현하면서 그리워했다. 특히 꿈속에서 본 이상향을 화폭에 담은 안견의 「몽유도원도」, 시인 묵객들이 각종 시가에서 정신적 고향으로 노래한 '무릉도원'은 당시 조선인들의 낙토 사상을 엿보게 한다.

3. 한국 고전 시가에 나타난 이상향

우리나라의 고대 서사문학에 나타난 이상향 추구 의식은 우선 단군

신화에서 찾을 수 있다. 『삼국유사』 '기이紀異' 편에 보면 환인桓因의 서자 환웅桓雄이 신단수 아래로 강림하여 태백산에 신시를 건설했다는 이야기나 나온다. 그즈음 곰과 범은 환웅에게 인간이 되게 해달라고 빌었고, 환웅과 웅녀 사이에서 단군이 태어나 조선을 건국했음은 주지의 사실이다. 조선은 아사달, 즉 '아침의 땅'을 의미한다. 아사달은 해 뜨는 동쪽에 위치한 에덴과 그 상징적 의미가 일맥상통한다. 그러므로 아사달은 곧 우리 민족이 이 지상에서 구현하려고 한 이상향이다. 또한 경북 상주 지방에 전해지는 오복동五福洞 설화 역시 이상향 추구 의식을 잘 보여주고 있다. '나무꾼-사슴'과 관련된 이 이야기는 도연명의 『도화원기』에 나오는 무릉도원 설화가 차용된 것으로 보인다.

고전 시가에도 낙토 사상이 두루 목격되는데 그중에서 제주 민요 「영주 가느니 보길도」가 주목된다. 이 민요에는 보길도의 부용동 골짜기가 무릉도원이라고 표현되어 있다. 제주 민요 「이어도 사나」 역시 이상향 추구 의식을 잘 보여준다. 이 노래에는 이어도가 제주인들의 낙원으로 인식되고 있다. 이어도는 제주의 마라도에서 서남쪽으로 149km에 위치한 수중 암초이며 '파랑도'라고도 불린다. 현재는 섬의 실체가 밝혀졌고 해양과학기지도 건설되어 있지만, 근대 이전에는 배들이 그 암초에 좌초된 줄 모르고 어부들이 돌아오지 않는 신비의 섬으로 인식된 것이다.

낙토 사상은 향가를 통해서도 잘 나타난다. 신라인들은 자신들의 나라를 불국토라고 생각한 만큼 이상향에 대한 염원도 아주 강했다.

달님이시여 이제
서방까지 넘어가시려는고
무량수불전에
일러서 사뢰옵소서
다짐 깊으신 아미타불을 우러러
두 손을 모아
왕생을 원하며 왕생을 원하며
그리워하는 사람이 있다 사뢰소서
아아, 이 몸을 남겨 놓고
사십팔 대원大願을 이루실까
- 광덕, 「원왕생가」 전문

인용 시가는 10구체 형식의 향가로서 불교적 이상향을 추구하는 신라인들의 꿈이 고스란히 반영되어 있다. 『삼국유사』에 전해지는 이 노래에는 짚신을 삼으며 생계를 유지해가는 '광덕'과 화전민인 '엄장'의 설화가 얽혀 있다. 두 사람은 친한 벗으로 서로 서방정토에 왕생往生할 것을 약속한 바 있다. 훗날 광덕이 먼저 죽자, 엄장은 광덕의 아내와 함께 장사를 지낸 후, 광덕의 아내와 동침하기를 원했다. 이에 광덕의 아내가 엄장의 잘못된 행동에 대해 연목구어緣木求魚의 고사를 통해 어리석음을 깨우치게 하여 엄장도 후에 극락왕생하였다는 설화이다. 시의 화자가 "두 손을 모아 / 왕생을 원하며" 간절히 빌고 있음(사십팔 대원)은 불교적 낙토를 그리워하고 있음을 잘 나타내 준다. 이처럼 신라인들의 삶 속에서도 이상향에 대한 지향성이 깊이 뿌리내리고 있음을 파악할 수 있다.

낙토를 그리워하는 의식은 고려인들에게도 면면히 계승되어왔다. 고려시대는 시대적, 사회적 여건으로 보건대 혼란과 전란이 아주 많이 발생했다. 특히 정중부 등이 일으킨 무신란과 몽골의 침입, 그리고 만적과 효심의 난을 위시한 잦은 민란은 인심을 흉흉하게 하고 서민들의 삶을 피폐하게 만들었다. 이러한 시대적 분위기 속에서 민중들의 실존적 고뇌가 자연스럽게 시가에 녹아들어 갔고 그 대표적인 노래가 「청산별곡」이다.

살어리 살어리랏다 청산靑山애 살어리랏다
멀위랑 ᄃᆞ래랑 먹고 청산靑山애 살어리랏다
얄리얄리 얄랑셩 얄라리 얄라

우러라 우러라 새여 자고 니러 우러라 새여
널라와 시름 한 나도 자고 니러 우니로라
얄리얄리 얄랑셩 얄라리얄라
- 작자 미상, 「청산별곡」 부분

『악장가사』에 전해지는 이 노래에는 고려 민중들의 삶의 애환과 이상향 추구 의식이 잘 스며들어 있다. 당시 서민들은 현실의 혼란과 고단한 삶을 떠나 '청산' 즉 낙토에 가서 안락한 삶을 누리고 싶은 염원에 사로잡혀 있었다. 이 시에서도 시의 화자는 청산으로 가는 도중 '새'를 보고 "널라와 시름 한 나"라고 하면서 자신의 쓰라린 세상살이의 감정을 이입하고 있다. 농사마저 지을 수 없는 피폐해진 환경을 버려두고 화자는 하릴없이 청산으로 향하고 있다. 그는 이 낙토에서 소박하지만 "멀위랑 ᄃᆞ래랑" 먹으며 근심 없이 살고 싶은 것이다.

특히 고려 시가에는 이상향이 '청산' 이미지로 많이 나타나 있음이 주목된다. 이인로의 한시漢詩 「청학동」[6] 역시 청산 이미지와 연관되어 있다. 이 같은 청산 지향성은 전란이나 혼란을 피해 산속 깊숙이 숨어서 안심입명安心立命하고 싶은 서민들의 소망이 반영된 것으로 보인다.

조선시대에 이르러서도 이상향에 대한 소망은 시조와 가사를 통해서 지속적으로 드러난다. 이 시대의 시인 묵객들이 추구한 이상향은 서정 시조나 서정 가사에서 주로 자연 심상으로 나타나고 있다.

① 두류산 양단수를 녜 듯고 이제 보니
도화 뜬 맑은 물에 산영조차 잠겻세라

---

6) 이인로(1152~1220)의 시화집인 『파한집』에 수록되어 있음. 청학동을 찾아 지리산으로 온 이인로는 이 시에서 쌍계사 일대에서 청학동을 찾는 모습을 보여주고 있음. "頭流山迥暮雲低 / 萬壑千岩似會稽 / 策杖欲尋靑鶴洞…"

아희야 무릉이 어듸오 나난 옌가 하노라

- 조식

② 간밤의 눈갠 후에 경물景物이 달랃고야

이어라 이어라

압희는 만경유리萬頃琉璃 뒤희는 천텹옥산天疊玉山

지국총 지국총 어사와

션계仙界ㄴ가 불계佛界ㄴ가 인간이 아니로다

- 윤선도, 「어부사시사」 부분

이 작품들은 모두 특정한 자연을 배경으로 하여 그것을 이상향과 동일시하고 있다. ①의 화자는 '두류산(지리산)'에 은거하여 그곳을 무릉도원이라 생각하고 있다. 또한 "압희는 만경유리萬頃琉璃 뒤희는 천텹옥산天疊玉山"에서 보듯 ②의 화자 역시 보길도의 절경을 보고 "션계仙界ㄴ가 불계佛界ㄴ가 인간이 아니로다"라고 감격하고 있다. 이 시가들은 모두 '자연=이상향'이라는 가치관을 잘 보여준다. 특히 자연 친화의 성격을 지닌 산수시山水詩에서는 이런 경향이 더욱 뚜렷이 나타난다.

그런데 이 시대에는 서정 시조뿐만이 아니라 서정 가사나 잡가에서도 이상향 추구 의식이 여러 곳에서 목격된다.

① 명사明沙 조흔 믈에 잔 시어 부어 들고

청류淸流를 굽어보니 떠오나니 도화桃花ㅣ로다
무릉이 갓갑도다 져 뫼이 긘거인고
- 정극인, 「상춘곡」 부분

② 저 건너 병풍석으로 으르렁 콸콸
흐르는 물결이 은옥銀玉같이 흩어지니
소부巢父 허유許由가 문답하던 기산 영수箕山潁水가 이 아니냐
- 작자 미상, 「유산가遊山歌」 부분

①은 자연 속에서 풍류와 멋, 안분지족安分知足을 누리고자 하는 양반들의 서정 가사이고 ②는 조선 후기 봄 경치를 즐기는 내용을 담은 서민 계층의 잡가이다. 이 작품들은 모두 자연 속에서 유유자적하며 즐기는 모습이 낭만적으로 표현되어 있는데, 시의 화자가 몸을 담은 자연이 바로 낙토 또는 선계仙界임을 밝히고 있다.

인용 시가를 보면 ①의 화자는 맑은 물이 흘러오는 것을 통해 '도화桃花'를 상상하면서 "무릉이 갓갑도다, 져 뫼이 긘 거인고"라고 읊조리고 있다. 화자가 노니는 '뫼(들판)'와 무릉도원이 동일시되고 있는 것이다. ②의 화자 역시 봄산의 폭포수를 완상하면서 "소부巢父 허유許由가 문답하던 기산 영수箕山潁水[7]가 이 아니냐"라고 하면서 자신이 즐기는 자연과 기산 영수를 동일한 이상세계로 여기고 있다. 이 시대에는 이런 시가들 이외에 「홍길동전」, 「허생전」, 「몽유도원도」 등에서도 이 같은 이

상향 지향 의식이 잘 나타나 있다. 도탄에 빠진 백성들이 삶의 질곡에서 벗어나 유토피아에서 행복한 삶을 향유하고 싶은 소망이 그만큼 컸기 때문이다.

4. 현대시에 나타난 이상향

현대시에 이르러서도 이상향 추구 의식은 지속적으로 그 맥을 이어오고 있다. 비록 시의 유파나 경향은 다르지만, 낙토에 대한 염원은 어느 부류의 시에서나 여러 곳에서 확인된다. 이것을 몇 가지 영역으로 나누어 살펴볼 때, 우선 불교적 세계관을 바탕에 둔 이상향 추구 의식을 주목할 수 있다.

향단아 그넷줄을 밀어라.
머언 바다로
배를 내어 밀 듯이
향단아

…(중략)…

---

7) 중국 하남성에 위치한 산과 시내의 이름. 요堯 임금 때 세속의 임금 자리마저 싫다던 소부巢父와 허유許由가 세상을 피해 들어가 은거했다는 자연으로 후대 시인들에게는 주로 이상향 또는 별천지로 인식됨.

서西으로 가는 달 같이는

나는 아무래도 갈 수가 없다.

바람이 파도를 밀어 올리듯이

그렇게 나를 밀어 올려 다오.

향단아

-서정주, 「추천사」 부분

인용 시에서는 시의 화자가 불교적 낙토를 간절히 염원하고 있다. 시의 화자는 속계의 온갖 집착에서 벗어나 '먼 바다'로 표현된 이상세계로 가기를 갈망한다. 이 낙토는 "서西으로 가는 달"에서 보듯 서쪽에 위치하고 있다. 서쪽은 곧 불교적 서방정토를 의미한다. 서방 지향성의 이상향 추구 의식은 이 시인이 지은 다른 시, "진달래 꽃비 오는 서역西域 삼만리"(「귀촉도」)에서도 잘 나타나 있다. 그는 "바람이 파도를 밀어 올리듯이" 끝까지 이상향으로 가고 싶은 현실 초월 의지를 포기하지 않는다. 이밖에 불교적 이상향을 지향하는 시는 「나룻배와 행인」(한용운), 「바라춤」(신석초), 「자수紫繡」(허영자) 등에서도 잘 엿보인다.

기독교적 세계관에 바탕을 둔 이상향 추구 의식도 주목된다.

해야 고운 해야, 늬가 오면, 늬가사 오면, 나는 나는 청산이 좋아라. 훨훨훨 깃을 치는 청산이 좋아라. 청산이 있으면 홀로래도 좋아라.

사슴을 따라 사슴을 따라, 양지로 양지로 사슴을 따라, 사슴을 만나면 사슴과 놀고. 칡범을 따라 칡범을 따라, 칡범을 만나면 칡범과 놀고……

– 박두진, 「해」 부분

이 시는 8·15 광복의 벅찬 감격과 더불어 사랑과 평화, 대화합으로 실현될 우리 민족의 미래를 기독교적 낙원 사상에 근거하여 형상화하고 있다. 시적 화자는 '해'와 '청산'이라는 상징적 이미지를 통해 광명과 새로운 평화의 낙토를 꿈꾸고 있다.

이 낙토는 약육강식의 투쟁이 없는 상생과 조화의 세계이다. 이 세계를 화자는 "사슴을 만나면 사슴과 놀"거나, "칡범을 만나면 칡범과 놀" 수 있는 화평한 곳으로 표현하고 있다. 모든 것이 차별받지 않는 이 꿈의 세계에서 화자는 야생의 동물들과 혼융일체가 되어 낙원의 삶을 누려보고자 한다. 기독교적 이상향을 꿈꾸는 시는 이 밖에 「귀천」(천상병), 「눈」(김남조), 「꽃잎 한 장처럼」(이해인), 「마지막 지상에서」(김현승) 등에서도 산견된다.

한편, 특정한 종교적 성격을 드러내지는 않지만 자연을 배경으로 한 이상향 추구 의식의 시도 놓칠 수 없다.

어머니,
당신은 그 먼 나라를 알으십니까?

깊은 삼림 지대를 끼고 돌면
고요한 호수에 흰 물새 날고
좁은 들길에 들장미 열매 붉어,
멀리 노루새끼 마음놓고 뛰어 다니는
아무도 살지 않는 그 먼 나라를 알으십니까?
-신석정, 「그 먼 나라를 알으십니까?」 부분

이 시는 현대 문명의 번잡함을 피해 고요한 전원에서 살고 싶은 시적 화자의 꿈을 반영하고 있다. 일제강점기에 비록 현실에 적극 대응하진 못했지만, 시인은 그 억압의 세계를 정신적으로 극복하기 위해 '먼 나라'라는 이상향을 설정하여 그곳으로 가기를 간절히 꿈꾼다.

그 이상향은 "멀리 노루새끼 마음놓고 뛰어 다니는" 목가적인 세계이다. 또한 현실의 온갖 모순과 폭력, 오염에 노출된 세계가 아니라, "아무도 살지 않는" 순백의 원초적인 고요의 땅이다. 이 시인이 평소 노장철학과 도연명의 「귀거래사」, 미국의 전원시인 소로우*H. D. Thoreau*의 시를 좋아했다는 것으로 보아 이 시 역시 반속적反俗的, 탈속적脫俗的 성향을 강하게 띠고 있다. 자연을 배경으로 하는 이 같은 이상향 추구 의식은 「거산호 2」(김관식), 「산이 날 에워싸고」(박목월) 등에서도 이어진다.

실존적 육성을 바탕에 둔 이상향 추구의 시도 관심을 끈다.

이것은 소리없는 아우성

저 푸른 해원海原을 향하여 흔드는
영원한 노스탤지어의 손수건
순정은 물결같이 바람에 나부끼고
오로지 맑고 곧은 이념의 푯대 끝에
애수哀愁는 백로白鷺처럼 날개를 펴다
아, 누구인가?
이렇게 슬프고도 애닯은 마음을
맨 처음 공중에 달 줄을 안 그는
- 유치환, 「깃발」 전문

시의 화자는 바다의 포구에 정박한 배에 세워진 깃대에서 펄럭이는 '깃발'을 통해 이상향을 꿈꾸고 있다. 화자가 추구하는 낙토는 '푸른 해원海原'이다. 그것은 단순한 바다가 아니라, 바다의 근원 또는 바다의 본체를 이루는 원초적 세계이다. 그 바다는 이 시인의 다른 시(「생명의 서」)에 나타난 '영겁永劫의 허적虛寂'과도 같은 관념적인 이상 세계이다. 이 세계는 실존적 한계상황에 처한 시인으로서는 "슬프고도 애닯은 마음"처럼 도달할 수 없는 곳이지만, 그렇다고 포기할 수도 없는 미지의 낙원이다. 그래서 화자는 "영원한 노스탤지어의 손수건"에서 보듯 끝없이 그 낙원을 동경하고 있다.

끝으로 리얼리즘에 바탕을 둔 민중시, 그리고 모더니즘을 표방하는 주지시에서도 이상향 추구 의식은 예외가 아니다.

① 갈대 숲을 이룩하는 흰 새떼들이
자기들끼리 끼룩거리면서
자기들끼리 낄낄대면서
일렬 이열 삼렬 횡대로 자기들의 세상을
이 세상에서 떼어 메고
이 세상 밖 어디론가 날아간다
- 황지우, 「새들도 세상을 뜨는구나」 부분

② 아무도 그에게 수심水深을 일러준 일이 없기에
흰 나비는 도무지 바다가 무섭지 않다

청靑무우밭인가 해서 내려갔다가는
어린 날개가 물결에 절어서
공주처럼 지쳐서 돌아온다

삼월달 바다가 꽃이 피지 않아서 서거픈
나비 허리에 새파란 초승달이 시리다
-김기림, 「바다와 나비」 전문

①의 시는 1980년대 군부독재 시절을 배경으로 하고 있다. 이 억압의 시대를 시의 화자는 "자기들끼리 낄낄대면서" 날아가는 새들에 비유

하여 야유하거나 조롱한다. 특히 화자는 새들마저 "일렬 이열 삼렬 횡대로" 날아가는 모습을 보며 암울한 시대의 획일성을 고발하고 있다. 이 부자유의 시대에서 벗어나기 위해 시인은 자유롭고 정의로운 "이 세상 밖 어디론가"라는 이상세계로 훨훨 날아갈 수 있기를 염원한다. 풍자와 비판을 통한 현실 일탈의 이상향 찾기는 그 시대의 민중적 꿈으로 읽힌다.

주지적 경향을 표방하는 ②의 시에서도 이상향 추구 의식은 상징적 기법을 통해 잘 나타나 있다. 이 시는 현대 문명의 냉혹함 속에서 유토피아적 세계에 대한 동경을 그 주제로 하고 있다. 특히 '수심水深' 또는 '바다'로 상징된 냉혹한 현실과 '흰 나비'로 상징된 순수한 존재와의 대비가 인상 깊다. 현대 문명은 그 편리함의 이면에 인간 소외라는 문제를 파생시켰다. 이로 인해 세상은 "삼월달 바다가 꽃이 피지 않아서 서거픈" 것처럼 사랑이 결핍되어 불모지대가 되어 버렸다. 이 삭막한 세상에서 흰 나비는 이상향으로 생각한 '청靑무우밭'으로 내려가 안착하고자 한다. 하지만 현실은 그렇게 녹록하지 않다. 낙원에 대한 귀향 의지도 "어린 날개가 물결에 절어서 / 공주처럼 지쳐서 돌아"와야 하듯 절망감에 꺾여버린다. 이상향은 그만큼 인간이 쉽게 도달하기 어려운 미지의 세계이기 때문이다.

5. 문을 닫으며

이상향에 대한 그리움과 염원은 인류 역사의 시원始原에서부터 비롯되었다. 첫 인간인 '아담'의 원죄와 실낙원 이후, 이 낙토는 카이로스적 시간 속에서 끝없는 동경의 대상으로 인류 사회에서 지속적으로 추구되어 왔다. 전쟁과 민란, 기아와 역병 등 사회가 극심한 혼란에 빠질수록 이상향에 대한 그 시대 민중들의 염원은 더욱 간절할 수밖에 없다. 복락과 풍요, 평화와 안식 등의 지고한 가치를 지닌 이 꿈의 세계는 인류 역사 속에서 다양한 양상으로 문학작품 속에 전개되어 왔다.

우리나라 역시 신라 향가에서부터 조선시대의 시조와 가사, 잡가 등에 이르기까지 이상향 추구 의식이 면면히 이어져 왔다. 현대시에 이르러서도 이 낙원 지향성은 불교적, 기독교적, 목가적, 실존적, 민중적, 주지적 경향 등 다양한 성격의 시에서 관찰된다. 이처럼 이상향 추구 의식은 그 다채로운 양상에도 불구하고 궁극적으로 현세적 삶의 고통과 비애를 초월하여 영생의 세계에서 안심입명安心立命하고자 하는 인류 공통의 염원과 존재론적 귀향 의지를 비춰주고 있다.

'숲'을 바라보는 두 개의 시각
- 신석정과 프로스트의 시 한 편

인간은 자연의 일부로 살아가는 존재이면서도 그 자연을 하나의 대상으로 바라볼 줄 아는 인식주체이기도 하다. 그러므로 인간의 DNA 속에는 생래적으로 자연의 천연성과 규범화되지 않은 카오스가 자리 잡고 있다. 그렇지만 '언어'를 습득하는 상징계로 진입한 이후부터 인간은 자연을 객관화하여 외물外物로서 인식할 줄 알게 되었다. 이 자연에 대한 인식은 각 나라 민족의 전통이나 기질적 특성에 따라 다양하게 나타날 수 있지만, 특히 다음 두 시에서는 동·서양의 가치관을 일면적이나마 엿볼 수 있게 되어 매우 흥미롭게 느껴진다.

① 대숲으로 간다.
대숲으로 간다.
한사코 성근 대숲으로 간다.

자욱한 밤안개에 벌레 소리 젖어 흐르고
벌레 소리에 푸른 달빛이 배어 흐르고

대숲은 좋더라.

성글어 좋더라.

한사코 서러워 대숲은 좋더라.

꽃가루 날리듯 흥근히 드는 달빛에

기척 없이 서서 나도 대같이 살거나.

- 신석정, 「대숲에 서서」 전문

② 이 숲이 누구네 숲인지 난 알 듯해

숲 주인은 마을에 집이 있어서

내가 여기 멈춰선 채

눈 덮인 자기 숲을 바라보는 것도 모를 테지.

내 작은 말은 농가 하나 안 보이는 곳에

일 년 중 가장 어두운 밤

숲과 얼어붙은 호수 사이에

이렇게 멈춰 서 있는 걸 이상히 여길 것이다.

뭔가 잘못된 것이 아니냐는 듯이

어린 말은 방울을 흔들어 딸랑거린다.

방울 소리 외에는 숲을 쓸어가는

부드러운 바람과 하늘거리는 눈송이뿐.

숲은 아름답고, 어둡고, 깊다.
그러나 나에겐 지켜야 할 약속이 있다,
잠들기 전에 가야 할 먼 길이 있다,
잠들기 전에 가야 할 먼 길이 있다.
- R. 프로스트, 「눈 내리는 저녁 숲가에 멈춰 서서」 전문

인용된 두 시에는 서로 공통되는 몇 가지 코드가 있다. 시의 배경 또는 시적 화자에서 추출되는 공통 분모는 'ⅰ)숲을 제재로 함. ⅱ)숲 앞에서 있음. ⅲ)숲을 바라보면서 어떤 생각에 잠김. ⅳ)자연 친화적임.'으로 정리해 볼 수 있다.

그런데 이런 동일성에도 불구하고 이 두 시는 자연에 대한 인식에서 뚜렷한 차이를 보인다. 우선 ①의 시를 보면 "대숲으로 간다"라는 말의 반복성에서 느껴지듯 시인은 능동적인 태도로 자연을 찾고 있다. 길을 가다가 우연히 마주친 대숲이 아니라 그는 자발적으로 그 숲을 찾아서 간다. 특히 대나무는 사군자의 하나로서 지조를 지키는 은자隱者를 상징하므로 시인이 더욱 대숲을 좋아했을 것이다. 이 시인은 한국의 소로우*H. D. Thoreau*라 할 만큼 반속적反俗的이며 자연 친화적인 시를 많이 써왔다. 그래서 그를 두고 흔히 전원시인, 목가적 시인이라 일컫기도 한다.

이 대숲은 시인의 의식 속에서 여타의 자연물들과 서로 조화를 이루는 공간으로 인식된다. "자욱한 밤안개에 벌레 소리 젖어 흐르고 / 벌레 소리에 푸른 달빛이 배어 흐르고"에서 감지되듯 대숲은 '밤안개', '벌레 소리', '푸른 달빛'과 혼융일체를 이루면서 하나가 된다. 그것은 또한 청각·촉각·시각이 서로 전이되거나 혼효됨으로써 통합적 감수성을 보이기도 한다. 시인의 이런 인식이야말로 단절과 불연속이 아닌 물物과 물物, 물物과 아我가 서로 일체를 이루는 경지를 보여준 것이다. 자연의 이런 대화합은 "청향淸香은 잔에 지고 낙홍落紅은 옷에 진다"(정극인, 「상춘곡」)에서처럼 우리의 전통적 산수시山水詩에 나타난 정서와도 그 맥을 잇고 있다.

특히 시인이 이런 대숲에 대해 "성글어 좋더라 / 한사코 서러워 대숲은 좋더라"라고 토로하는 점이 주목된다. '성글다'는 것은 여백을 뜻한다. 그것은 빽빽함이 보여주는 갑갑함, 복잡함, 긴장감이 아니라 수묵화에서 보이듯 여유와 사이, 틈을 은유한다. 이런 유유자적함은 "초당草堂에 일이 없어 거문고를 베고 누어"(윤선도 시조 중) 있는 옛 선비들의 정신세계를 상기시킨다.

아무튼 암울한 일제 강점기, 대숲을 통해 시인은 절개와 조화, 탈속과 여백, 고답적高踏的 순결성을 조용히 호흡한다. 이 같은 숨쉬기는 시인이 결코 자연을 떠날 수 없다는 뜻으로 이해되며, 그의 이런 생각은 "꽃가루 날리듯 홍근히 드는 달빛에 / 기척 없이 서서 나도 대같이 살"고 싶다는 소망으로 귀결된다.

한편 앞의 시와 달리 ②의 시에는 자연에 대한 시인의 태도가 상당히 다르게 나타난다. 미국의 국민 시인이라 불리는 로버트 프로스트, 그는 유년 시절 아버지를 여의고 뉴햄프셔주에서 오랫동안 전원생활을 하면서 자신이 체험한 사과 따기, 돌담 쌓기, 풀베기, 울타리 고치기 등 자연 속의 소박한 삶을 시인이 된 후 시로써 많이 창작했다. 이 시 역시 '눈', '숲', '호수' 등 자연 이미지를 그 바탕으로 하고 있다.

그런데 시의 화자는 앞의 시인처럼 스스로 숲을 찾는 것이 아니라, '어린 말'을 이끌고 나그네로 길을 가다가 우연히 눈 쌓인 숲 앞에 잠시 멈춰 서게 된다. 숲에는 함박눈이 내리고 있고 바람도 조금 불고 있다. 순백의 아름다운 설경을 보며 시인은 그 원시의 절경에 잠시 마음이 빠져든다.

하지만 시인의 자연 감상엔 이내 제동이 걸린다. 그는 눈 덮인 숲의 풍광을 보면서도 "숲 주인은 마을에 집이 있어서 / 내가 여기 멈춰선 채 / 눈 덮인 자기 숲을 바라보는 것도 모를 테지"라고 되뇌며 숲의 주인을 의식한다. 아름다운 자연 감상의 순간, 시인은 소유자와 피소유자의 관계를 그의 마음 한곳에 떠올린다.

이 생각은 시인이 자연에 완전히 몰입하지 못하고 있다는 방증이기도 하다. 즉 물심일여物心一如의 태도를 고스란히 체화體化할 만큼 시인은 숲 안쪽으로 자신의 몸과 마음을 이끌고 가지 못한다. 그는 다만 경계인처럼 "숲과 꽁꽁 얼어붙은 호수 사이에 서서" 어둑해진 저녁 숲을 바라볼 뿐이다. 시인은 온전한 탈속의 감흥에 젖지 못하고 자연과 '나'

사이에 끼어드는 세속의 규범에 견인되고 만다.

이런 생각 속에서도 시인은 잠시나마 설경의 감흥에 빠지고 싶지만, 그를 따르던 '어린 말'은 "뭔가 잘못된 것이 아니냐는 듯이" 방울을 흔들어 딸랑거리며 가던 길을 재촉한다. 여기서 어린 말의 역할은 매우 중요하다. 이 어린 말은 자연에서 사회로 시인의 발길을 연결해 주는 매개체 역할을 한다. 어린 말의 방울소리를 통해 자연스럽게 하나의 장면이 전환-숲을 떠남-되게 하는 시인의 시적 전략이 돋보인다. 이제 시인은 정신을 다시 가다듬는다. 그에게는 자연에 몰입할 수 없는 생활인으로서의 현실적 처지가 있기 때문이다.

그러므로 시인은

> 숲은 아름답고, 어둡고, 깊다.
> 그러나 나에겐 지켜야 할 약속이 있다,
> 잠들기 전에 가야 할 먼 길이 있다,
> 잠들기 전에 가야 할 먼 길이 있다.

> The woods are lovely, dark and deep
> But I have promises to keep,
> And miles to go before I sleep,
> And miles to go before I sleep.

라고 토로하면서 다시 목적지를 따라 발길을 재촉하려 한다.

여기서 '약속*promises*'이라는 시어는 매우 중요한 뜻으로 읽힌다. 동물과 같은 군집이 아니라 사회를 구성하며 사는 인간에겐 약속이 매우 중요한 가치로 인식된다. 그 약속은 규범과 윤리, 도덕성과 신뢰감으로 연결되어 있다. 그래서 시인은 눈 덮인 숲의 아름다움에 마냥 도취될 수 없었던 것이다. 탈속과 한정閑情, 풍류와 물외한정物外閑情의 삶은 더 이상 시민사회의 구성원인 시인의 마음을 완전히 사로잡지 못한다. 그래서 시인은 숲을 떠난다. 그에게는 자연도 소중하지만 인간관계의 약속도 중요하다. 그래서 그는 마음속에 아름다운 설경 하나를 곱게 접어둔 채 다시 길을 떠나간다. 사람들로 북적대는 저 불빛 흔들리는 도회都會의 마을로.

3

생의 탐구와 실존 의식

부름의 현상학, 생의지의 불꽃

- 내 시의 한 지평

부름과 의식의 지향성

인간이 자아 밖의 세계에 편재遍在된 외물과 대면하게 됨은 그 이름을 부르면서부터 시작된다. 외물들의 형식 기표인 이름 안에는 각 외물들의 본질이 내장되어 있다. 그러므로 외물들의 이름을 부른다는 것은 단순한 외피에 대한 두드림이 아니라 그 외피 안에 원형질을 이루고 있는 근원적인 것을 불러낸다는 것을 의미한다. 까마득한 천지창조 때부터 모든 피조물은 창조주로부터 이름을 불리면서부터(창세기 1, 5~1, 28) 그 존재 의의를 부여받았다. 이렇게 본다면 이름을 부른다는 것은 단순한 발화 호칭으로서의 시니피앙*signifiant*이나 파롤*parole*에 그치는 것이 아니라 그 대상의 본질적 개념이나 이데아를 불러내는 것이라 할 수 있다.

이 부름은 E. 후설이 말한 '의식의 지향성'으로 이해할 수 있으며, 현상학적 부름은 내 시 세계의 중요한 지평으로 자리 잡고 있다. 의식의 지향성은 사물이나 대상에 입혀진 통념을 일단 판단중지*epoche*하고 의식 속에 새로운 의미체를 구성하는 것이다. '자아-지향성-대상'이라는 일련의 관계를 통해 세계에 은폐된 대상들은 시인의 의식 속에서 새롭게 그 본질적 의미를 형성한다. 이때, 시인이 내면의 빛으로 대상을 비추면 그 대상은 시인의 빛에 응답하며 끝없이 어떤 말을 걸어온다. 그 말은 상투화된 전언이 아니라 세계의 자아화를 통해 들려오는 깊고 설레는 울림이다.

길에서 천 원짜리 지폐 한 장을 주웠다

주인을 찾아 줄 수도 없어
호주머니에 넣고 가던 길을 계속 갔다

누굴까, 익명의 얼굴들이 실루엣처럼 흔들리다가
흑백 필름으로 스쳐갈 때

불현듯 호주머니에서 날개 치는 소리
대지의 어둠 속에서 잠자고 있던 것이
내 눈빛을 받은 후부터 푸른 기지개로 일어섰다

이제 호주머니는
잠 깬 사물이 숨 쉬는 존재의 작은 방

아늑한 그 방에서
종이돈이 저렇게 온몸을 비트는 것은
그를 비추는 내 의식의 불빛 때문이라 생각할 때

불현듯 이 세계가
나의 열쇠로만 달까닥, 소리를 내며
문이 열린다는 생각도 함께 떠올랐다
-「그가 잠깨는 순간」 전문

'종이돈'은 시인의 의식의 빛을 받게 되자 일상적 교환가치라는 의미가 판단 중지되고 시인의 내면에서 새로운 의미체로 구성된다. 시인은 이 종이돈을 통해 상투화된 의미에서 일탈하여 "불현듯 호주머니에서 날개 치는 소리"와 "푸른 기지개로 일어"서는 소리를 듣게 된다. 그래서 "이제 호주머니는 / 잠 깬 사물이 숨 쉬는 존재의 작은 방"으로 느껴진다. 그러므로 자아 밖 세계의 모든 외물은 시인의 "의식의 불빛"을 받아 끊임없이 내면에 현성화現成化되고 있으며, 오직 시인의 '열쇠'로만 '달까닥,' 소리를 내며 열리게 된다.

그것은 "모든 타성을 접시처럼 뒤엎을 듯 / 숟가락은 지금 거친 힘점의 완력으로 / 새로운 세계 하나를 열어버린다"(「숟가락이 열다」), "흙투성이 고구마에 겹겹이 숨어 있는 / 이 놀랍고 신비한 비밀들"(「고구마, 몸을 열다」), "그래, 시의 나비야 / 누가 네 이름을 큰 소리로 부르거든 / 어둠의 막을 힘껏 찢어 버리고 / 저 빛을 향해 한 세계를 열어 보아라"(「존재의 집」), "투명한 유리알은 빛의 통로 // 세계는 그곳을 통해 매 순간 포착되고 / 다시 새롭게,/내 마음의 암실에서 인화印畫되고 있었다"(「안경 1」)에서처럼 현상학적 부름을 통해 의미의 새 지평을 열어준다.

생의 불꽃과 실존 의식

인간의 역사가 '정·반·합'에 의해 변증법적으로 전개된다는 헤겔의 역사적 낙관주의는 19세기 이후 큰 도전을 받게 된다. 기아와 질병, 국가 간의 크고 작은 전쟁으로 인류의 고통은 역사적 비관주의를 배태胚胎하기에 이른다. 세계의 기류 혹은 생의 과정은 이성과 합리주의에 견인되는 것이 아닌, 인간이 지닌 매 순간의 감정과 비합리적 정념에 의해 지배받는다고 생각되었다. 그러므로 생은 잘 정돈된 코스모스가 아니라 끊임없이 파동치는 불꽃이자 카오스다. 따라서 '세계 이성'(헤겔)이나 '물자체物自體 *Das Ding an sich*'(칸트)와 같이 충족이유율로 이해할 수 없는 영역이 아니라, 인간이 살아 숨 쉬는 생生 혹은 실존 자체가 중요한 것으로 받아들여졌다. 생철학과 실존주의 철학은 이런 배경에서 그 싹을 틔우며 개화하게 되었다. 한국 현대시사에서 청마靑馬의 시는 이런 생의지를 가장 감동적으로 보여주고 있다.

나의 지식이 독한 회의懷疑를 구하지 못하고 / 내 또한 삶의 애증愛憎을 다 짐지지 못하여 / 병든 나무처럼 생명이 부대낄 때/저 머나먼 아라비아 사막으로 나는 가자…(중략)…그 열렬한 고독 가운데 / 옷자락 나부끼고 호올로 서면 / 운명처럼 반드시 '나'와 대면케 될지니/하여 '나'란 나의 생명이란/그 원시의 본연한 자태를 다시 배우지 못하거든 / 차라리 나는 어느 사구沙丘에 회한 없는 백골을 쪼이리라.

- 유치환, 「생명의 서」 부분

시인은 "병든 나무"처럼 자신의 생명이 부대낌을 느낄 때 '아라비아 사막(절대고독)'으로 가기를 간절히 원한다. 황량한 사막과 태양이 작열하는 그 불모지에서 시인은 원시적 생명력 즉 "원시의 본연한 자태"에 충전된 본연의 '나'를 만나고자 한다. 이런 소망은 바로 불꽃처럼 타오르는 생生, 뜨겁게 충만된 자기동일성을 회복하고자 하는 염원과 다르지 않다. 내 시 세계의 또 다른 밑바탕에는 이 같은 생의지와 실존 의식이 깔려 있다.

바람이 불 때마다 네 몸은 헝클어진다
시작도 끝도 없는 저 허공
너는 수없이 머리를 고요에 부딪친다
오직 몸으로만 울어야 하는 너
펄럭펄럭, 이것이 네 몸의 말이다

먼 하늘로 새가 되어 날고 싶어
너는 오늘도 숨 가쁘게 날갯짓을 하고 있다
날아라, 새여
팽팽한 줄 하나가 네 온몸을 당길지라도
아득한 창공에 피멍 든 머리를 부딪치며
생의 불꽃을 터뜨려 주어라
너, 살아 있음의 그 뜨거운 순간을
시퍼런 흔들림으로 증언해 주어라
-「너의 절규」-깃발 전문

바람이 불 때마다 "수없이 머리를 고요에 부딪"치며 자유롭게 펄럭이는 깃발은 모든 살아있는 존재를 대유한다. 또한 아득한 창공으로 '새'처럼 날아가고 싶어 "오늘도 숨 가쁘게 날갯짓을 하고" 있는 깃발은 인간의 끝없는 생의지를 반영한다. 그래서 화석화된 이성과 이념, 죽음의 덫에서 벗어나 시인은 펄럭이는 깃발을 통해 "생의 불꽃"이 터뜨려지기를 갈망한다. 이런 생각은 "살아 있음의 그 뜨거운 순간을 / 시퍼런 흔들림으로 증언"해 주기를 바라는 것이다.

이 같은 생의지는 "옥수수들은 저마다 / 한여름의 뙤약볕을 온힘으로 물어뜯으며/저렇게 익어가지 않는가 / 완강한, 완강하므로 아름다운/저 시퍼런 생의 의지"(「완강한 옥수수」), "아무도 밟지 않은 숲으로 / 맨살을 베이며 숨가삐 걸어가면 / 팔뚝을 쏘아대는 작은 날벌레들 / 온갖 잡목들도 야성의 가지를 치켜세우며 / 아주 맹렬하게 나의 얼굴을 할퀸다"(「여름 숲으로 나는 간다」), "저 완강한 산의 힘줄 / 팽팽히 당겨진 푸른 정맥을 펄떡이며 / 산은 나를 걷어차 버린다"(「시퍼런 힘」), "이 세계에 가득 찬 / 너울너울 춤을 추는 생의 푸른 의지 / 그 한 자락을 상춧잎처럼 입에 물고 / 나도 바람을 헤치며 다시 산길을 걸었다"(「춤추는 생」) 등으로 다양하게 변주된다.

생의지, 생의 율동은 정형화된 기계론이 아니라 비결정적 자유의 파동과 연쇄에 의해 이루어진다. 이것이 바로 생의 철학자 베르그송이 말한 생의 약동 즉 '엘랑비탈*élan vital*'이다. 생은 그만큼 뜨겁고 소중한 한 순간의 불꽃인 것이다.

그런데 이 생生은 끝없이 약동하려 하지만, 인간 존재의 밑바닥에는 운명적인 부조리와 한계상황이 도사리고 있다. '나'와 '세계' 사이에 어쩔 수 없이 주어지는 뒤틀림은 실존의 부조리를 강하게 느끼게 한다.

점심 먹으러 가다가 현관 모서리에서
머리를 수차례 유리창에 부딪치고 있는
비둘기 한 마리를 보았다
먹이를 찾으려 했을까
중앙 출입구 안쪽까지 몰래 들어왔다가
인기척에 화들짝 놀라 탈출하려고 버둥댔다
바로 저기

아늑한 둥지가 느티나무 위에 있지만
빤히 보고서도 그는 그곳에 가지 못했다
세계와 나 사이
투명한 벽이 있음을 그는 미처 몰랐으므로
눈부신 어둠 속을 헤매고 있었던 것이다
그럼, 우리는
지난 세월 동안 무엇을 향해 돌진하며
가슴을 부딪치면서 살아왔던가
사랑과 구원,
혹은 별빛이 늘 저쪽에 있었지만
투명하게 눈을 찌르는 이상한 벽을 몰랐으므로
우리는 언제나 그곳에 갈 수 없었다
거대한 유리창
세상은 그렇게 보이지 않는 담장으로
눈을 멀게 한다는 것을 깨닫지 못했으므로
우리는 그냥 보인다고만 소리치다가
충돌의 몸짓만을 되풀이할 뿐이었다
오늘, 급식소로 가다가 우연히 마주친
비둘기 한 마리
존재의 집을 찾으려는 그 절박한 날갯짓으로
내 어두운 두 눈을 맑게 비벼주었다
-「투명한 벽」 전문

점심 무렵 시인이 발견한 한 마리 비둘기, 그는 "현관 모서에서 / 머리를 수차례 유리창에 부딪치"면서 탈출을 시도한다. 하지만 "세계와 나 사이 / 투명한 벽이 있음을 그는 미처 몰랐으므로 / 눈부신 어둠 속을 헤매고 있"다. 세계가 투명하게 잘 보이긴 하지만 그것이 벽이라는 사실은 '나'와 '세계 '사이에 가로 놓인 숙명적인 부조리를 상기시킨다. 그러므로 세인世人들 역시 "사랑과 구원, / 혹은 별빛"을 찾아 늘 헤매고 있지만, "투명하게 눈을 찌르는 이상한 벽을 몰랐으므로 / 우리는 언제나 그곳에 갈 수 없"는 부조리한 상황에 운명적으로 사로잡혀 있다.

이런 정황이야말로 실존의 한계상황을 나타내며 '세계-내-존재'로서의 시인은 이 생生의 옥죔에 대한 초극 의지를 강하게 드러낸다.

별빛이 마당에 내리고
어둠 속에서 방문이 잠긴다

얇은 창호지가 발려 있는 툇문
문고리에 끼워둔 숟가락 하나가
드센 겨울바람에 딸가닥거린다

찢어진 문종이 밖으로 문득 보이는
어두운 하늘의 별빛
그들과 입맞춤하려고 고개를 연신 흔들지만

숟가락은 더욱 차가운 늪에 갇혀 버린다

한 입 가득 허공을 물고
문설주에 목 매달린 뜨거운 저 몸짓
그 좁은 구멍 안에서 가쁜 숨을 토해보지만
더 이상 은하 멀리 날아갈 수가 없다

문풍지 가득히
회초리로 내려치는 밤바람소리

하지만 숟가락은
낯선 생의 구렁에서 두 눈을 부릅뜬 채
혼신의 몸짓으로 바람에 맞서 부르르 떤다
밤새 별을 보며 혼자 날개를 파닥인다
-「별 보는 숟가락」 전문

'툇문'의 문고리에 끼어있는 '숟가락 하나', 시인은 이것이 "드센 겨울바람에 딸가닥거"리는 소리를 반추하면서 인간이 처한 실존적 처지성을 사유한다. 이 숟가락은 찢어진 문종이 바깥으로 보이는 "어두운 하늘의 별빛"과 입맞춤하려고 고개를 연신 흔들지만 더욱 "차가운 늪"에 갇혀 버린다. 마치 산정으로 바위를 굴리며 올라갈수록 다시 추락할 수밖에 없는 시시포스의 운명처럼, 문고리에 갇힌 숟가락은 인간이 처한 실존적 부조리를 암시한다. '나'의 염원과 '세계'의 벽이, 합리와 불합리가 서로 충돌하고 뒤틀리는 이 상황이야말로 부조리 그 자체다. 이 "낯선 생의 구렁"과 같은 한계상황에서 벗어나기 위해 숟가락은 "두 눈을 부릅뜬 채 / 혼신의 몸짓으로 바람에 맞서 부르르" 떨거나, "밤새 별을 보며 혼자 날개를 파닥"이며 주어진 운명 앞에 끝없이 반항한다.

이 실존적 반항은 "추락하는 것들은 완강히 땅에 맞서 / 온몸 흔들며 떨어진다는 것을"(「연의 독백」), "어느 날 갑자기 낙석落石의 날이 올지라도 / 바람에 깎고 깎인 차가운 부리로 / 저 땅의 가슴, 깊게 찌르며 떨어지리"(「고드름」), "피멍들게 맞을수록 / 맑은 숨으로 되살아나는 나의 몸 / 그 푸른 심지 하나 맨땅에 꽂으며 / 나 지금, 혼신의 힘으로 돌고 있나니"(「팽이」) 등에서도 잘 목격된다.

피투被投-*Geworfenheit*의 실존적 처지에서 부단히 기투企投-*Entwurf*를 감행하는 이런 몸짓들은 바로 훼손된 자기동일성을 회복하려는 강렬한 의지를 나타낸다. 낯선 세계에 던져져 그냥 주어진 운명대로 살아가는 일상인이 아니라, 끊임없이 주체적 시간성을 회복하면서 자신의 실존을 적극 구현해가려는 현존재現存在-*Dasein*로서의 모습을 시인은 끊임없이 지향하고 있다.

홀로 길을 찾고 벽을 넘어

– 나의 문학 자전自傳

내가 시인이 되기까지는 유전적 요인과 환경적 요인, 이 두 가지 원인이 작용한 것으로 짐작된다. 유전적 요인으로는 공무원이었던 선친이 시 쓰기를 너무 좋아하셔서 육필 시집 두 권을 남기고 젊은 나이로 일찍 타계하셨는데, 선친의 그 피를 내가 이어받은 것이 아닌가 하는 점을 들 수 있다.

환경적 요인으로는 육 남매 막내로 태어난 내가 형님과 누님들 덕분에 집안의 책장에서 많은 문학 서적을 일찍 접할 수 있었던 것을 들 수 있다. 고등학교 입학 후부터 책장에 꽂힌 동·서양의 시인이나 작가들의 작품집을 접하면서 문학적 소양을 키워갔다. 특히 청마 유치환의 시집과 서간집, 릴케와 하이네의 시집, 이어령 수필집, 셰익스피어 희곡집, 기타 문화·역사·교양서적 등을 열심히 읽었던 것으로 기억된다.

이 시절 무엇보다 아버지의 부재不在는 내 영혼 깊숙이 알 수 없는 외로움과 상실감, 분리 불안과 가난이 주는 박탈감을 느끼게 하는 환경으로 다가왔다. 감수성이 예민했던 나에겐 반복 강박처럼 여겨지던 이런 부정적 감정들에 둘러싸여 자연스럽게 시에 눈을 뜬 것 같다. 특히 일찍 남편을 여읜 어머니는 아버지의 유언대로 가톨릭에 귀의하였고, 어머니의 신앙에 힘입어 우리 가족들은 어릴 때부터 모두 가톨릭 신자가 되었다. 높이 매달린 십자가, 성탄절과 부활절 때의 장엄한 성聖음악, 제대 위에 하늘대는 촛불, 죄의 고백과 묵상, 청보리밭을 지나 가난한 마을로 울려 퍼지는 미사 시작 종소리, 이런 환경들도 내 무의식 깊숙이 침윤되어 훗날 소중한 시적 자양분이 된 것 같다.

문학 활동을 처음 시작한 것은 고등학교 1학년 때부터였다. '맥향麥鄕'이라는 시 창작 동아리에 가입하여 동인지에 시를 발표했고 시 토론회에도 주기적으로 참가했다. 특히 3년간 매일 일기 쓰는 습관은 필력을 늘리는 데 상당히 도움이 된 것으로 여겨진다. 이 무렵 벚꽃이 만발한 학교 뒷동산에서 「고향의 봄」을 작사한 이원수 선생과 동아리 회원들이 함께 기념 촬영한 사진은 아직도 아름다운 수채화 한 장으로 내 마음의 은빛 못에 걸려 있다.

대학 진학 후 1977년 한여름에 군대에 징집된 관계로 시 쓰기와 거리가 멀어졌다. 육군 보병 하사로 차출되어 날마다 반복되는 완전군장 10km 구보와 전투 사격, 분·소대 전술훈련과 혹한기의 오백 리 행군, 공수 지상 훈련 등 극한의 힘든 과정으로 군 생활을 보냈다. 이 고단한 과정에서도 특등사수로서 군의 전투력 증강에 이바지했다는 이유로 두 번의 표창을 받기도 했다. 이런 힘든 경험들은 훗날 내 인생에서 물을 건너고 벽을 넘어가는 데 정신적으로 적지 않은 영향을 미쳤다.

1980년 4월, 군 복무를 무사히 마치고 복학을 한 이후 나는 본격적으로 습작을 하기 시작했다. 대학 도서관에 밤낮 틀어박혀 4년간 성적 장학생의 지위를 계속 유지하느라 학업에 몰두했지만, 시집 읽기와 시 습작에도 틈나는 대로 힘을 쏟아부었다. 특히 『전후戰後신춘문예당선 시집』(실천문학사, 1981, 상·하권)은 내 습작기의 중요한 길라잡이 역할을 해 주었다. 이렇게 습작한 지 몇 해 지나서 내 시의 수준을 가늠해 볼 겸 교내 대학 문예상 공모에 응모했다. 「겨울 소묘」(첫 시집에서 「겨울 서정곡」으로 제목을 수정함)라는 48행의 시였는데, 심사위원의 호평과 더불어 당선작으로 뽑혀 아주 기뻤다.

대학 생활 중 나는 향후 시의 길을 걸어가기 위한 나름의 준비를 일정한 계획을 짜서 실행했다. 그것은 철학과 관련된 공부를 하는 것이었다. 우리 시대에 유행하는 시들이 너무 감각에만 의존하다 보니 깊은 사유나 울림이 부족하다고 스스로 진단했다. 좋은 시를 창작하기 위해서는 그 밑바탕에 철학적 사유가 주춧돌로 놓여 있어야 하고, 그 토대 위에서 감각적 형상화가 이루어져야 시의 집이 완성된다고 생각했다.

그래서 동·서양 철학 서적들을 열심히 읽기 시작했다. 노장老莊철학, 실존주의 철학과 그 모태가 된 생生철학, 에드문트 후설의 현상학과 프랑크푸르트학파의 네오마르크시즘에 깊이 매료되어 이 분야의 책들을 꾸준히 탐독했다. 특히 하이데거의 『존재와 시간』*Sein und Zeit*은 당시 서점에서도 쉽게 구하기가 힘들어 지인을 통해 겨우 빌려 통째로 복사하여 정독할 정도로 내가 좋아했던 철학 서적이었다. 또한 교내에서 매주 실시되는 철학 세미나에도 열심히 참여하여 당대의 훌륭한 철학자들의 주재 발표를 들으면서 지적 갈증을 해소하고자 했다.

대학원에 진학해서도 시 습작을 멈추지 않았다. 많은 과제 준비로 힘들었던 학업 속에서도 틈틈이 시간을 내어 시 창작을 했다. 특히 후설의 현상학과 하이데거의 존재론을 더욱 깊이 있게 읽어보자고 노력했다. 이 이론을 바탕으로 「청마 시詩에 나타난 의식意識의 지향성 연구」라는 석사학위 논문(지도교수 김구용 / 시인)을 완성했다.

대학원 졸업 후 나는 가톨릭계 사립 고등학교에 교사로 채용되었다. 이곳에 재직하면서 곧바로 결혼도 하고 신혼집도 마련하게 되어 생활에 안정을 찾게 되었다. 이 무렵부터 나는 시 습작에 더욱 가속도를 붙였다. 다행히 시의 감感이 한층 더 좋아졌는지 스스로 괄목상대할 만하다고 생각하는 시들이 탄생했다. 「그 겨울의 문법 시간」, 「숲을 위한 서곡」, 「숲의 은유」, 「북행열차를 기다리며」, 「겨울 항해기」 등의 시가 이 무렵에 속속 완성되었고, 이 작품들로 중앙지의 신춘문예에 응모하려는 마음을 먹고 있었다.

그런데 운명은 참 묘했다. 1992년 가을, 대구 시내 한 서점에 들렀다가 낯선 시 전문지 하나를 발견했다. 《시와시학》! (주간 김재홍). 그냥 스쳐 지나가려고 하던 중 책 표지에 큰 글자로 박힌 책임 편집위원들의 이름이 눈에 확 들어왔다. 김윤식, 김용직, 김대행, 오세영, 최동호 등 한국 현대시 연구의 훌륭한 분들 이름이 내 눈길을 사로잡았다. 이분들은 한국 현대시 연구의 권위자들로 잘 알려진 교수들이었다.

책 안쪽을 펼쳐보니 신인상 모집 광고가 눈에 띄었는데, '20편' 이상의 시를 응모해야 한다는 조건이 붙어 있었다. 그 순간 내 가슴이 설레기 시작했다. 20편 이상이라면 당시 문예지 신인상 공모 가운데 가장 많은 분량이었고 까다로운 조건이었다. 나는 이 시 전문지에 깊은 신뢰감을 느꼈다. 그리고 어떤 불가항력적인 힘에 이끌린 듯 집으로 돌아와 가장 아끼던 시 중에서 스물다섯 편을 골라 며칠 뒤 응모했다.

그 후 한 달쯤 지났을까, 당선 통지서가 날아왔다. 응모한 작품 중 「그 겨울의 문법 시간」을 비롯한 일곱 편이 당선(심사위원 오세영, 이가림 시인)된 것이다. 특히 대표 당선작인 「그 겨울의 문법 시간」은 3부로 구성된 총 88행의 장시長詩인데, 문예지 시 당선작 중 가장 긴 시가 아닌가 하고 어림짐작해 본다. 이 시는 틀에 박힌 문법과 고정관념의 벽에서 일탈하여 저 눈 쌓인 설원에서 순록처럼 자유롭게 숨 쉬며 살고 싶은 학생들의 마음을 투영해서 쓴 작품이다. 오랫동안 절차탁마하며 신춘문예에 진검승부를 걸려고 써두었던 시였다.

그런데 어찌 된 일일까? 당선의 기쁨도 잠시, 내 마음 깊은 곳에서 자꾸 제어하지 못할 아쉬움이 솟아 올라왔다. 그래서 신인상에 당선된 작품 이외의 시 몇 편을 골라내어 또다시 신춘문예에 두 해 동안 연거푸 도전했다. 그 결과는 '조선일보'에 「숲의 은유」가, '중앙일보'에 「북행열차를 기다리며」가 각각 최종심에 올라갔지만, 안타깝게도 정점에는 깃발을 꽂지 못하고 시의 눈보라에 떠밀려 하산을 해야만 했다. 그렇지만 전국적인 치열한 공개경쟁에서 내 시의 위상을 가늠할 수 있었다는 점에 큰 위안을 삼았고, 지금까지 독학을 하며 일궈온 결실이 빛바래지 않았음을 확인했다. 그 이후부터는 신춘문예에 대한 미련을 완전히 접고 나만의 시 세계를 구축해 가는 데 힘을 쏟아부었다. 지금 생각해 보면 신인상이든 신춘문예든 일단 등단을 하고 난 뒤에는 명품의 시를 지속해서 쓰려고 노력하면서 자신의 시적 역량을 증명하는 게 중요한데, 그때는 왜 그렇게 '신춘'이라는 봄향기에 흠뻑 도취되었는지 모르겠다.

아무튼 군 제대 후 12년, 이 긴 시간 동안 나는 시의 멘토도 없이, 어떤 타자의 디딤돌도 없이 고군분투하면서 시의 언어를 갈고 벼리기를 반복하다가 마침내 시인이 된 것이다. 1992년 겨울, 혜화동 로터리 부근의 시상식장에서 청록파로 잘 알려진 박두진 선생으로부터 시인의 명패를 받았을 때는 가슴이 벅찼다. 특히 부상副賞으로 받은 그분의 친필 자작시가 수록된 액자는 아직도 내 글방에 소중히 간직되어 있다. 그리고 등단 이후 1994년《시와시학》겨울호에서는 90년대의 주목받는 신진 시인(김재홍 교수 선정)으로 선정되는 영예까지 얻게 되었다.

하지만 나는 여전히 시에 배가 고팠다. 이 공복감은 나를 다시 새로운 가능성에 도전하도록 채찍질했다. 문학평론에 대한 도전은 이때부터 시작되었다. 나는 그 무렵 학술 논문은 몇 편 써 본 적이 있지만 문학평론 쓰기에는 아직 경험이 부족했다. 그래서 학생들의 진학 지도와 수업 준비를 해가는 과정에서 시간을 쪼개어 다시 평론 읽기와 쓰기를 몇 년간 외롭게 반복했다. 평론에 대한 이런 도전은 내 문학적 잠재력에 대한 하나의 실험을 해 본 것으로 여겨진다.

이 과정에서 나는 난삽한 지적, 현학적 이론에 시를 작위적으로 대입시키는 재단비평*Judicial criticism*보다는 시적 감성과 지성을 잘 조화시킨 유기체적 비평문 쓰기에 집중했다. 특히 N 시인·평론가의 인상비평 방법론은 내게 많은 영감을 주었다. 아무튼 이렇게 하여 첫 평론인 「존재의 낯선 벌판, 끝없는 귀향-황동규의 '풍장'」을 완성했다. 이 글로써 1998년 《매일신문》 신춘문예에 평론 부문으로도 등단하게 되었는데, 이를 통해 나는 문학의 영역을 더욱 확장할 수 있었다.

시와 평론에 대한 이러한 창작 활동은 나름의 결실을 이루게 했다. 그 열매는 지금까지 다섯 권의 시집과 각 한 권의 문학평론집과 시학 에세이집 출간으로 세상에 나타났다. 그런데 시단에 등단할 때부터 현재까지 내가 지속적으로 추구하고 있는 시 세계가 있다. 그것은 다름 아닌 대상과의 교감을 통한 생의지 탐색, 존재의 근원 또는 생의 심층에 대한 사유, 낯선 세계에 던져진 실존의 부조리에 대한 성찰 등이다.

이와 같은 시 세계에 대해 김재홍 문학평론가는 "만상과의 교감 또는 조응을 통해 세계 내 질서를 회복하려는 깊이 있는 사색을 보여주는 것"(제1시집 『아직은 불꽃으로』, 시와시학사, 1995)으로, 이가림 시인은 "사물이 가지고 있는 고유의 속성으로부터 심오하고 숭고하며 감동적인 의미를 캐어"(제2시집 『낯선 벌판의 종소리』, 포엠토피아, 2002)내는 것으로 평하기도 했다.

또한 박호영 문학평론가는 "일관되게 존재의 물음을 파헤치고 있는 것"(제3시집 『겨울 카프카』, 시학사, 2013)으로, 이태수 시인은 "신비神秘에 묻히고 감싸인 불가시적인 비의秘義들을 가시적으로 구체화하면서 그 실존實存의 빛을 떠올리는 견자見者로서의 예지를 보여"(제4시집 『그가 잠깨는 순간』, 시학사, 2019) 주는 것으로, 유성호 문학평론가는 "삶의 근원에 존재하는 어떤 가치를 만나 그것을 사유하고 또 펼쳐가려는 남다른 의지"(제5시집, 『그 강변의 발자국』, 2022, 시학사)를 표명한 것으로 평가하기도 했다.

시인은 자기 고유의 시 세계를 끊임없이 탐구해 가야 한다. 이것은 등단 초기부터 내가 항상 생각해 오고 있는 시관이다. 시단 여기저기에 좌고우면하지 않고 묵묵히 자기의 독창적인 시 세계를 열어가기 위해, 그리고 내용과 형식이 잘 융화된 명품의 시를 쓰기 위해 외롭게 분투하는 시인들을 볼 때마다 경의를 표하고 싶다. 나는 언제나 시에 목마르다. 이런 갈증을 느낀다는 것은 아직도 시 창작에 관한 한, 갈 길이 멀다는 것을 잘 알고 있음이다. 올해로 등단한 지 32년이 되었지만 나는 신인이라는 생각을 결코 잊지 않으려고 한다. 그래서 적어도 원고지 앞에서만은 초발심을 잊지 않고 긴장된 마음으로 시를 쓰려고 노력한다.

생각하면 시는 내 한평생의 도반이었다. 때로는 이 시가 회초리가 되어 나의 비뚤어진 길을 바로잡아 주기도 했고, 삶의 소중함을 일깨워 주기도 했다. 이런 까닭으로 지금까지 시를 써오면서 내가 깨달은 것은 시가 원고지가 아니라 삶 속에서 완성된다는 사실이다. 그렇다. 시인이 불면의 밤을 지새우며 원고지에 담근 시는 그 시인의 삶 속에서 아름답게 발효되지 않겠는가.

한 마리 까치에게 물어볼까?

- 신 앞의 단독자

대구스타디움 보조경기장. 그 주변에는 오늘도 수많은 까치 떼들이 날아와 이곳저곳에서 경쾌한 깨금발로 먹이를 찾고 있다. 이 경기장 가까운 곳의 마을에 거주하는 관계로 나는 틈만 나면 자주 그곳으로 가서 산책을 하며 그 까치 떼를 목격하곤 한다. 그런데 특히 내 시선을 집중시키는 한 대상이 있다. 그것은 다름 아닌 조명탑 맨 꼭대기에 혼자 앉아 무념무상에 빠져 있는 한 마리 까치이다. 바람 드센 저 높은 곳에 홀로 쪼그려 앉아 무엇을 생각하는 것일까? 그 장면을 보는 순간, 김현승 시인의 시 「가을의 기도」 한 구절이 문득 떠올랐다. "가을에는 / 호올로 있게 하소서…… / 나의 영혼, / 굽이치는 바다와 / 백합의 골짜기를 지나 / 마른 나뭇가지 위에 다다른 까마귀같이."

독실한 기독교 신자인 다형茶兄(김현승 시인의 호)은 이 시에서 인간의 실존적 고독과 존재의 근원적인 문제들을 성찰하고 있다. 특히 이 시에서 주목되는 것은 '호올로', '영혼', '까마귀'라는 세 시어이다. 인간은 이 세상에서 권력과 욕망, 명예와 부를 추구하기 위해 온갖 세속적 네

트워크를 추구하면서 살아간다. 하지만 생이 끝나는 그 마지막 순간에는 "마른 나뭇가지 위에 다다른 (한 마리) 까마귀"같이 신 앞에 그 영혼이 혼자 맞닥뜨릴 운명에 처할 수밖에 없다. 이 절대의 한계상황, 절대의 고독 앞에서 오직 신과 나, 혹은 양심과 나만이 대면하게 되는 전율의 시간에 인간의 가면은 벗겨지고 본래의 자기 모습과 마주쳐야 하는 것이다.

이즈음 세상을 되돌아보자. 지금 우리 사회에는 온갖 탐욕과 위선으로 뒤엉킨 페르소나, 이른바 '가면을 쓴 인격'들이 너무나 많이 목격된다. 사람 사는 세상에 죄가 어찌 없을 수 있겠는가. 누구나 시시각각 드리워지는 이 죄의 너울을 피하기가 너무 어렵다. 그래서 "내가 선을 행하려 할 때 곁에 악이 도사리고 있습니다……. 나는 비참한 인간입니다."(로마서 7, 21)라고 사도 바울로도 고백하지 않았는가. 인류의 첫 인간인 아담에서부터 오늘에 이르기까지 죄는 어쩌면 인간의 한 숙명이기도 하다.

문제는 그 죄를 짓고 난 다음이다. 비리와 악행을 저지르고도 부끄러워할 줄 모른다는 사실이 더 큰 문제이다. 지금 메마르고 오염된 우리 사회를 정화시킬 수 있는 것은 어떤 제도나 법, 목소리만을 높이는 온갖 주장이 아니라 '눈물 한 방울'이다. 이 눈물은 죄의식에서 우러나오는 참회의 표징이다. 하지만 이즈음 세상에는 죄의식이 마비되었으므로 영혼의 깊은 참회가 없다.

죄는 그것을 지은 사람의 양심만이 알고 있다. 하지만 그 양심은 평소에는 두꺼운 가면에 가려져 어둠 속에 은폐되어 있다. 세인들은 멋있게 채색된 그 가면만을 보면서 지지와 찬사를 보내거나 열광한다. 이 열렬한 추종 앞에서 죄인들은 양두구육羊頭狗肉의 모습을 멋있게 연출한다. 스스로의 양심을 속이고 자신이 '선善'이라는 끊임없는 자기기만, 이 거짓 암시가 계속되다 보면 어느새 죄인들은 자신을 의인으로 확신하게 되는 것이다.

눈물과 참회가 없는 이 가면의 시대에 문득 생각나는 한 사람이 있다. 성聖 아우구스티누스, 바로 그 분이다. 기원전 354년 로마의 식민지였던 북아프리카의 알제리에서 태어난 그는 33세 이전까지는 방탕과 쾌락 속에서 살아왔다. 그는 노예 출신 여인과 십여 년을 동거하면서 사생아까지 낳게 되고, 이단인 마니교에도 심취하여 정욕과 미혹의 세계에 깊이 빠져들었다.

하지만 점차 영혼의 구원에 대한 번민에 사로잡히던 중, "집어서 읽어라*Tolle, lege!*"라는 어린아이들의 목소리를 듣게 된다. 그래서 집으로 달려와 성서를 무작정 펼쳐 읽었는데, 그것이 바로 "진탕 먹고 마시고 취하거나 음행과 방종에 빠지거나 분쟁과 시기를 일삼거나 하지 말고……."(로마서 13, 13)라는 구절이었다. 이 한 구절에서 그는 영혼의 떨림을 강하게 느꼈다. 이후 그는 남은 생애 동안 방탕했던 삶을 눈물로써 회개하며 저 유명한 『고백록』을 집필하게 된 것이다.

죄를 지은 사람이 아프게 뉘우치는 모습은 세상에서 가장 아름다운 모습이다. 이 뉘우침이 불가佛家의 참회멸죄懺悔滅罪이든, 기독교의 회개 또는 고해告解이든 죄인이 어두운 영혼을 씻고 새 사람으로 태어난다는 것은 얼마나 숭고한 일인가. 인간의 욕망에 짓밟힌 카투샤가 끝내 죄의 나락에 빠져 시베리아 유형지로 추방되자 끝까지 그녀를 따라가며 용서를 구한 젊은 귀족 '네흘루도프'(톨스토이, 『부활』), 자신의 부하 우리야의 아내인 바쎄바를 가로채고 그 남편을 가장 치열한 전쟁터로 보내 죽게 한 죄로 한평생 눈물을 흘린 '다윗'(성서, 「시편」), 개가한 어머니가 의붓자식을 독살하려 한 죄를 씻기 위해 소신燒身 공양으로 그 악업을 용서받고자 한 '만적'(김동리, 「등신불」)의 참회는 이 부끄러움을 모르는 시대에 많은 것을 시사해 준다.

인간은 누구나 죄의 유혹에서 벗어나기 힘들다. 그렇다고 하여 절망할 필요는 없다. 성 아우구스티누스의 말처럼 '어떤 성인도 과거 없는 사람이 없고, 어떤 죄인도 미래 없는 사람이 없다'라는 가르침은 우리의 삶에 어떤 희망을 던져준다. 진흙으로 빚어진 인간, 우리는 세상의 유혹과 죄에 영혼이 자주 으깨어지더라도 언제든 맑은 물로 새롭게 반죽되어 재생할 수가 있는 것이다.

오늘, 가을이 깊어 가는 이 시간에 다형의 시 '가을의 기도'를 다시 한 번 음미해 본다. 한여름의 나뭇가지에서 서로 어깨동무하고 신록을 자랑하던 나뭇잎들, 그러나 이제 그들은 가지를 떠나 각자 한 잎씩 땅으로 떨어지고 있다. 그 낙엽처럼 우리도 언젠가는 사랑하는 사람들과 헤어져 나 혼자만의 먼 길을 떠나야 한다.

삶은 언제나 '굽이치는 바다와 / 백합의 골짜기'를 지나듯 희로애락이

엉켜있지만, 결국은 모두가 영원으로 가는 길로 이어져 있다. 그때 우리는 마른 나뭇가지 위의 저 까마귀 한 마리같이 오직 신 앞에서 단독자로 서 있어야 한다. 그 순간 우리는 스스로의 양심을 어떻게 고백할 수 있을까? 조명탑 맨 꼭대기, 혼자 웅크려 앉아 늦가을 잔광殘光을 쬐고 있는 한 마리 까치에게 그것을 물어보고 싶다.

나의 이 시 한 편을 풀잎 위에 얹어둔 채…….

삶이 고되고 쓰라릴 때면
밤하늘을 잠깐 바라보라
어둠 속 별 하나를 바라보는 것은
영원을 생각하는 것
우리는 한평생 땅이 아니라
사실은 별빛 머금은 이슬을 등에 지고
풀잎 위에서 살아왔다
해 뜨면 우리는 얼룩 한 점 남기고
어디론가 빨리 사라져가야 한다
우리가 겪는 지상의 이 아픔도
밤새 저 하늘의 별빛을 점등하는
소중한 기름이 되리니
그때 내 영혼은
눈부신 풀꽃처럼 아름답게 빛나리
-「영혼의 별 하나」 전문

4

시, 민족 정서의 맥脈을 찾아

우리 민족 정서와 자생적 리얼리즘의 계승
- 이상화의 후기 시

1. 들어가기

이상화 시에 대한 지금까지의 연구는 범박하게 보아 두 갈래로 이루어져 왔다. 1925년을 기점으로 하여 그 이전은 주로 감상적·퇴폐적·허무적 경향으로, 그 이후는 사회주의 혹은 민족주의적 경향으로 구분하여 연구되어 왔다. 1925년이 기점이 되는 것은 파스큘라*PASKYULA*와 염군사焰群社가 연합하여 구성된 카프의 발기인으로 박영희, 김기진, 김영팔 등과 함께 이상화도 참여하여 시의 방향 전환을 하고 있기 때문이다.[8)]

그러므로 1925년 이후부터는 과거의 병적 데카당스에서 벗어나 이상화의 시가 현실 인식과 민족의식을 강하게 드러내 보인다. 특히 이 시기는 계급문학론이 창작 방법론으로 활발히 논의되던 때였다. 이상화는

8) 이 좌파 문학으로의 방향 전환으로 이상화의 시가 "문학에서의 민중의 발견, 민족주체성의 자각, 조국에 대한 인식의 심화, 자기세계에 대한 반성과 극복으로 나아감"을 보여주고 있다고 평가된 바 있다. 이동순, '태산교악의 시정신', 이상규 편집, 『이상화 시의 기억 공간』, 수성문화원, 2015, 61쪽 참조.

비록 카프의 발기인이었지만 끝내 이 노선과는 결별하고 민족주의적 정신과 전통 정서를 토대로 많은 시를 쓰게 된다.

상화의 후기 시에 나타난 이런 경향은 민족적 리얼리즘 정신의 계승과 구현이라는 측면에서 논의될 수 있다. 지금까지 한국 근대문학사에서의 리얼리즘에 대한 논의는 서구 지향적, 외래 지향적 입장에서 주로 다루어졌다. 사실주의寫實主義로 번역되는 이 리얼리즘을 논할 때면 으레 19세기 프랑스의 스탕달, 발자크, 플로베르 등의 작가들을 떠올리는 경향이 있었다. 물론 문예사조의 큰 흐름에서 본다면 리얼리즘의 외래 유입설은 부인할 수가 없다. 하지만 면면히 이어오는 한국문학사에서도 자생적인 리얼리즘 정신을 어렵지 않게 찾아볼 수가 있다. 이상화의 시에 나타난 민족 정서의 실체를 파악하면서 이런 정신도 함께 살펴볼 수 있다.

그러므로 이상화의 시에 나타난 현실 인식과 민족주의적 경향도 외래문화 유입이나 일제 치하라는 시대적 측면에서만 논의할 것이 아니라, 역사를 거슬러 올라가 우리의 고전 시가(한시 포함)에 나타난 민족 정서와 비교해 보면서 연구해 볼 필요가 있다. 상화 시에 나타난 민족 정서가 지금까지는 우리의 고전 시가들과 비교되면서 제대로 탐색되지 못한 측면이 있다. 사실 민족주의 정신이라고 한다면 우리 민족의 역사에서 지속적으로 계승되어 온 공동체적 정서나 가치관, 현실 인식 등이 전제가 되어야 한다. 따라서 이상화의 시에 나타난 민족 정서의 실체를 온전히 이해하려면 일제 강점기에 대한 저항정신만이 아니라, 그의 시가 우리 고전 시가에 나타난 민중들의 정서나 가치관, 현실 인식 등과 어떻게 맥이 닿고 있는가도 함께 탐색되어야 한다.

이상화가 남긴 창작 시는 현재까지 발굴된 것이 58수로 알려져 있다.[9] 이 중에서 후기 시 일부를 중심으로 우리의 고전 시가에 지속적으로 이어져 오는 민족 정서나 현실 인식과 어떻게 맥脈을 잇고 있으며, 그 정서를 공유하고 있는가를 탐색해 보도록 하겠다.

2-1. 이별, 한恨의 빛깔과 소리

사별의 한은 우리 고전 시가에서 이미 고조선 시대부터 관찰되고 있다. 백수광부白首狂夫의 아내가 남편이 강물에 빠져 죽어가는 것을 보며 불렀다는 「공무도하가」가 그것이다. 이 별리의 슬픔은 신라 향가 시대로 접어들어 혈육과의 사별로 나타나면서 더욱 비극적인 성향을 띤다. 이 혈육 간 사별의 한은 신라 향가 「제망매가」(월명사)를 비롯하여 조선 시대의 「곡자哭子」(허난설헌), 1920년대의 「곡자사哭子詞」(이상화)에 이르기까지 그 숨결이 이어져 오고 있다.

① 삶과 죽음의 길은

9) 이상규 편, 『이상화시전집』, 정림사, 6쪽 참조. 이상화의 작품 연보는 다음 두 책에 일목요연하게 소개되고 있다. 이상규 엮음, 『이상화 문학전집』, 경진출판, 2015, 351~353쪽. 김학동 지음, 『이상화평전』, 새문사, 2015, 372~375쪽.

여기 있으매 머뭇거리고

나는 간다는 말도

못다 이르고 어찌 갑니까

어느 가을 이른 바람에

여기저기 떨어지는 잎같이

한 가지에서 나고

가는 곳을 모르겠구나

아으 미타찰彌陀刹에서 만나볼 나

도道 닦아 기다리겠노라

- 월명사, 「제망매가」 전문

② 작년에 사랑하는 딸을 잃었고

올해에 사랑하는 아들을 잃었네

슬프고 슬프도다, 광릉 땅에

한 쌍의 무덤이 서로 마주하고 일어섰네

백양나무에 쓸쓸히 바람 불고

귀신불은 소나무와 오동나무를 밝히네

종이돈으로 너희들 혼을 부르고

맹물을 너희들 무덤에 따르네

알고말고, 너희 자매의 혼이

밤마다 서로 따라 노니는 것을

비록 배 속에 아이가 있은들

어찌 장성하기를 바랄 수 있으랴

헛되이 「황대사」를 읊조리니

피눈물이 나와 슬픔으로 목메네

- 허난설헌, 「곡자哭子」 부분

③ 웅희야! 너는 갔구나

엄마가 뉜지 아비가 뉜지

너는 모르고 어디로 갔구나!

…(중략)…

지내간 오월에 너를 얻고서

네 어미가 정신도 못 차린 첫 칠날

네 아비는 또 다시 갇히었더니라.

그런 뒤 오은 한 해도 못되어

갖은 꿈 온갖 힘 다 쓰려든

이 아비를 버리고 너는 갔구나.

불쌍한 속에서 네가 태어나

불쌍한 한숨에 휩쌔고 말 것
어미 아비 두 가슴에 못이 박힌다.[10)]
– 이상화, 「곡자사哭子詞」 부분

이 세 편의 시에는 모두 혈육과의 사별이라는 슬픔이 짙게 드러난다. 신라 향가 중에서 문학적 완성도가 가장 높다는 ①은 죽은 누이에 대한 슬픔을, 오언 고시五言古詩의 형식을 빌린 ②는 어린 두 자녀의 죽음에 대한 애통함을, 상화가 일경日警에 검거되어 감옥에 있을 때 겪은 ③은 둘째 아들의 죽음에 대한 비통한 심정을 각각 잘 드러내고 있다.

그런데 이 세 편의 시를 자세히 살펴보면 주목되는 공통점이 있다. 그것을 요약하면 'ⅰ)혈육이 요절함. ⅱ)요절의 원인은 병사病死로 추측됨. ⅲ)한을 객관적 상관물 또는 감각적 형상화를 통해 더욱 절실하게 표현함.'이다.

①에서 보듯 '나(누이)'는 한 마디 유언도 없이, "나는 간다는 말도 / 못다 이르고"서 "어느 가을 이른 바람에 / 여기저기 떨어지는 잎같이" 요절하고 말았다. 또한 ②의 경우도 두 해에 걸쳐 연이어 어린 남매가 죽게 되는 비극을 보여주고 있는데, "한 쌍의 무덤이 서로 마주하고" 있는 장면은 더욱 슬픔을 고조시킨다. 그뿐만 아니라 비록 "배 속에 아이가 있은들 / 어찌 장성하기를 바랄 수 있으랴"라는 구절에서 암시되듯

10) 인용된 이상화의 시는 이상규 엮음(경진출판), 앞의 책에 수록된 시를 텍스트로 한 것임. 이하 인용된 이상화의 시도 동일함.

시적 화자는 임신한 아이마저 사산되는 극한 슬픔에 잠긴다. ③의 시에서도 시적 화자는 태어난 지 "오은(온전히) 한 해도 못되어" 둘째 아들의 죽음이라는 비통함을 겪게 된다.

그런데 이 세 편의 작품은 앞서 언급했듯이 사별의 아픔에 대한 한을 토로하는 방식에서 공통분모를 보인다. 흔히 혈육의 요절에 대한 단말마적 고통은 직설적으로 바로 노출되기 십상이다. 하지만 이들 시에서는 모두 그 슬픔과 고통이 객관적 상관물이나 비유를 통해 형상화됨으로써, 시적 화자의 정서를 시각 또는 청각적 효과를 통해 더욱 선명하게, 그리고 생생하게 부각시키고 있다. 가령 ①에서는 사별의 고통을 가을바람에 조락하는 '잎'이라는 객관적 상관물을 통해, ②에서는 사별의 통한을 '피눈물로, ③에서는 '못'이라는 이미지에 비유하여 표현함으로써 시적 화자의 비통한 내면을 더욱 구체적으로 그려 보이고 있음이 그것이다.

객관적 상관물을 통한 이 같은 한의 표현 방식은 여타의 우리 전통시가나 현대시에 이르기까지 낯설지 않게 발견된다.[11] 따라서 이상화의 「곡자사」에서 망아지통亡兒之痛의 한을 부모의 가슴에 박히는 '못'으로 표현한 것은 결국 우리 전통 시가에서 목격되는 정서의 표현 방법과 동일한 맥락에서 이해될 수 있다. 시각 또는 청각적 이미지를 통한 한에 대한 이와 같은 표현 방식은 화자의 애절한 심정을 더욱 생생하고 절실하게 나타내는 효과를 거두게 한다.

이상화는 '아버지(1907)-인순(1918)-박태원(1921)-유보화(1926)'로 이어지는 사별의 고통이 채 가시기도 전에 또다시 둘째 아들 '웅희'[12]의 죽음과 마주쳐야 했다. 웅희는 오월에 태어나 3개월 만에 세상을 떠난 것으로 보인다. 어린 자식의 죽음, 그것보다 더 비통하고 쓰라린 한은 없다. 그는 이 비극을 한의 형상화라는 전통적 정서 표현 방법을 통해 드러냄으로써 더욱 큰 공감을 얻고 있다.

2-2. '달', 소망과 기원

이상화의 시에서 시인의 소망 혹은 간절한 기원을 '달'을 통한 전통 정서와 연계하여 표현하고 있는 작품도 주목된다.

① ᄃᆞᆯ하 노피곰 도ᄃᆞ샤

---

11) ⅰ)고전 시가의 사례 : "공산에 우는 접동"(박효관의 시조), "한숨은 바람이 되고 눈물은 세우細雨되어"(작자 미상의 시조), "어인귀또리 지는 달 새는 밤의 긴 소리 쟈른 소리 절절히 슬픈 소리"(사설시조), "죽림 푸른 곳에 새소리 더욱 섧다"(허난설헌, 「규원가」), "나 하나만 써는 샐세"(민요 「시집살이 노래」), "모춘 삼월이 아니라면 두견새는 왜 우나"(민요 「정선 아리랑」) 등.
ⅱ)현대시의 사례 : "선 채로 이 자리에 돌이 되어도 / 부르다가 내가 죽을 이름이여"(김소월, 「초혼」), "애기 앉던 방석에 한쌍의 은수저 / 은수저 끝에 눈물이 고인다"(김광균, 「은수저」), "아아, 너는 산새처럼 날아갔구나!"(정지용, 「유리창」), "살아온 한이 까마귀 울음 떼로 사무치던가"(권달웅, 「머슴」), "해질녘 울음이 타는 가을 강"(박재삼, 「울음이 타는 가을강」) 등.

12) 이상화와 손필연 사이에서 난 둘째 아들. 이상규 엮음, 앞의 책, 113쪽(각주 236) 참조.

어긔야 머리곰 비취오시라

어긔야 어강됴리

아으 다롱디리

져재 녀러신고요

어긔야 즌ᄃᆡᄅᆞᆯ 드ᄃᆡ욜셰라

어긔야 어강됴리

어느이다 노코시라

어긔야 내 가논 ᄃᆡ 졈그롤셰라

어긔야 어강됴리

아으 다롱디리

– 작자 미상, 「정읍사」 전문

② 달아!

하늘 가득히 서러운 안개 속에

꿈 모다기같이 떠도는 달아

나는 혼자

고요한 오늘밤을 들창에 기대어

처음으로 안 잊히는 그이만 생각는다.

달아!

너의 얼굴이 그이와 같네

언제 보아도 웃던 그이와 같네

…(중략)…

달아!

너는 나를 보네

밤마다 솟치는 그이 눈으로—

달아 달아

즐거운 이 가슴이 아프기 전에

잠 재워 다오-내가 내가 자야겠네.

- 이상화, 「달아」 부분

이 두 편의 시는 모두 '달'을 매개체로 하여 시적 화자의 소망을 빌고 있다. 고대 건국 신화에서는 각 나라마다 선민의식을 부각하기 위하여 태양숭배 사상을 강조했다. 신라의 박혁거세 설화(광명이세)나 고구려의 해모수 설화(태양신) 등은 이점을 잘 입증한다. 이 태양숭배 사상은 나라의 기반이 다져지고 농업이 중심이 되면서부터 '달'의 중요성이 부각되는 신앙으로 전환하게 된다.

달은 무한천공에 떠 있는 행성 중에서 비교적 가까운 거리에서 지상을 향해 은은하게 빛을 비추고 있다. 그 달의 인력引力에 상응하여 땅에서는 밀물과 썰물의 리듬이 맞추어지고 일 년 농사의 풍흉豊凶이 결정되며, 그 달빛에 어두운 밤의 불안이 해소된다. 특히 동지섣달 보름날이면 태음의 원천인 달의 기운을 몸속에 흡입하는 흡월정吸月精을 통해 소원을 비는 행위는 달과 우리 민족의 친화 관계를 잘 보여 준다. 태양의 양기가 넘치는 한낮보다는 고요한 밤에 모성적 자애로움을 품은 달에게 소원을 비는 행위는 우리의 세시풍속이나 문학작품에서도 잘 나타나 있다.

인용 시를 보면 ①은 현전하는 유일한 백제가요로 알려져 있다. 이 노래에는 행상을 나간 남편이 밤길에 무사하기를 달에게 비는 여인의 애타는 심정이 잘 드러나 있다. 시적 화자는 "달하 노피곰 도다샤 / 어긔야 머리곰 비취오시라"고 하며 달을 어두운 길을 비춰주는 광명의 대상이자, 자신의 소망을 의탁하는 숭고한 대상으로 여기고 있다. 또한 행상나간 남편이 혹시 "즌 디롤 드디욜셰라" 화자는 노심초사하면서 달을 보고 부정적인 상황이 제거되기를 바란다.

②의 시 역시 달을 매개로 하여 화자의 간절한 소망이 잘 나타나 있다. 시의 화자는 달을 바라보면서 "고요한 오늘밤을 들창에 기대어 / 처음으로 안 잊히는 그이만 생각"하고 있다. 임에 대한 이 간절한 그리움은 마침내 "달아! / 너의 얼굴이 그이와 같네"라는 구절에서 느껴지듯 달과 임의 동일시 현상으로 심화된다. 그러나 현실적으로 임을 만날 수는 없는 처지이다. 그래서 화자는 달에게 소원을 빈다. "달아 달아 / 즐거운 이 가슴이 아프기 전에 / 잠 재워 다오"라고.

이렇게 볼 때 위의 두 시는 시대의 간극을 초월하여 달을 매개로 한, 희구와 기원의 심정을 적절히 형상화한 작품으로 읽힌다. 이런 경향은 큰 틀에서 망부가 계열의 노래[13]로 묶을 수 있으며, 우리 고전 시가의 여타 작품에 나타난 달 모티프의 정서[14]와도 맥이 닿는다고 할 수 있다.

따라서 이상화의 시는 달을 매개로 하고 있는 우리 전통 시가의 정서를 잘 계승해 주고 있으며, 궁극적으로는 민족정신의 외연을 더욱 넓혀주는 데까지 나아가고 있다고 본다.

2-3. 현실, 애민정신과 리얼리티

이상화 시에 나타난 이 같은 민족 정서는 당當 시대에 대한 현실 인식에서도 전통과 맥을 잘 잇고 있다.

① 새로 거른 막걸리 젖빛처럼 뿌옇고
큰 사발에 보리밥, 높기가 한 자로세
밥 먹자 도리깨 잡고 마당에 나서니
검게 탄 두 어깨 햇볕 받아 번쩍이네
옹헤야 소리 내며 발맞추어 두드리니
삽시간에 보리 낟알 온 마당에 가득하네
주고받는 노랫가락 점점 높아지는데
보이느니 지붕 위에 보리티끌뿐이로다
그 기색 살펴보니 즐겁기 짝이 없어

---

13) 신라 및 백제의 부전 가요 「치술령곡」, 「선운산가」 등.

14) 향가 「원왕생가」의 '달', 민요 「달타령」과 「달맞이가세」의 '달', 가사 「사미인곡」의 '청광'과 「속미인곡」의 '낙월' 등.

마음이 몸의 노예 되지 않았네
낙원이 먼 곳에 있는 게 아닌데
무엇하러 벼슬길에 헤매고 있으리오
- 정약용, 「보리타작」 전문

② 고맙게 잘 자란 보리밭아
간밤 자정이 넘어 내리던 고은 비로
너는 삼단 같은 머리를 감았구나. 내 머리조차 가뿐하다.

혼자라도 가쁜하게나 가자
마른 논을 안고 도는 착한 도랑이
젖먹이 달래는 노래를 하고 제 혼자 어깨춤만 추고 가네.

나비 제비야 깝치지 마라
맨드라미 들마꽃에도 인사를 해야지
아주까리 기름을 바른 이가 지심 매던 그 들이라 다 보고 싶다.

내 손에 호미를 쥐어다오
살진 젖가슴과 같은 부드러운 이 흙을
발목이 시도록 밟아도 보고 좋은 땀조차 흘리고 싶다.
- 이상화, 「빼앗긴 들에도 봄은 오는가」 부분

두 인용 시에는 화자의 현실 인식이 뚜렷이 드러나 있다. ①의 시는 공리공론의 관념의 세계가 아니라 당대 농촌의 현실을 사실적으로 제시하고 있으며, 시인의 냉철한 현실 인식을 잘 반영해 주고 있다. 한여름의 뙤약볕 아래에서도 "검게 탄 두 어깨 햇볕 받아 번쩍이"며 보리타작을 하는 농민들의 건강한 모습은 화자에게 깊은 감동을 주고 있다. 힘든 보리타작의 노동 속에서도 "마음이 몸의 노예 되지 않"고 즐겁게 일을 하는 농민들의 모습은 시인으로 하여금 깊은 반성을 하게 한다. 그 반성은 "낙원이 먼 곳에 있는 게 아닌데 / 무엇하러 벼슬길에 헤매고 있으리오"라는 독백에서 여실히 입증된다. 화자의 이 같은 현실 인식과 가치관은 실사구시實事求是 또는 경세치용經世致用의 실학 정신에 근거한 것이다. 그러므로 이런 시 정신이야말로 한국시문학사의 토양 위에서 탐색되는 자생적 리얼리즘의 소중한 맹아萌芽라 할 수 있다.

②의 시 역시 일제 강점기라는 시대 배경을 통해 화자의 현실 인식이 뚜렷이 나타나 있다. 이상화는 프랑스 유학의 꿈을 안고 일본 동경으로 가서 아테네 프랑세라는 어학전문학원에 다닌 바 있다. 하지만 1923년 관동대지진으로 유학의 꿈을 접고 다시 귀국했을 때, 그가 목격한 조선의 현실은 참담하기 그지없었다. 일제의 수탈과 가뭄으로 인한 굶주림에 견디지 못해 만주 등지로 살길을 찾아 떠도는 유이민들[15]이 줄을 이었고, 농촌이나 도시 빈민촌의 궁핍한 현실은 시인에게 현실에 대한 새로운 눈을 뜨게 하였다. 그는 1925년을 기점으로 하여 과거의 퇴폐적 데카당스와 결별한다. 그래서 이후부터는 시의 경향이 일제에 대한 저

항 의식과 민족주의적 경향으로 전환하게 되는 것이다.

특히 ②는 시인의 이런 가치관을 가장 잘 나타내고 있는 시라고 할 수 있다. 이 시는 일제 강점기라는 고난의 현실 속에서도 "고맙게 잘 자란 보리밭"을 보며 무한한 국토애를 보이는가 하면, "아주까리기름을 바른 이가 지심"을 매는 모습을 통해 민족 또는 농민에 대한 사랑도 진솔하게 제시해 주고 있다. 이 시가 "우리 근대시사에서 기념비가 될 만한 절품의 하나"[16]로 평가받는 이유가 바로 이런 민족혼의 일깨움에 있을 것이다. 이상화의 이 같은 시 정신은 ①에서 보여준 다산의 애민정신과도 일맥상통하며, 건강한 민족적 리얼리즘의 계승과 구현이라는 측면에서 그 의의가 크다고 하겠다.

이런 관계에서 ①, ②의 시는 상호 유기적인 공통점을 띠고 있음을 파악할 수 있다. 그것을 정리해 보면 'ⅰ)'보리'가 시의 제재로 사용됨. ⅱ)화자가 농민을 관찰하고 있음. ⅲ)애민정신이 나타나 있음. ⅳ)노동의 생동감이 잘 드러남. ⅴ)시인의 건강한 현실 인식이 반영됨.'으로 요약할 수 있다.

---

15) 이상화의 시 「병적 계절」에서 "땅 위를 보아라 젊은 조선이 떠돌아다니네"와, 「가장 비통한 기욕」에서 "아, 가도다 가도다 쫓아가 도다 / 잊음 속에 있는 간도와 요동 벌로 / 주린 목숨 움켜쥐고 쫓아가도다"와 같은 구절은 당시 조선인의 유랑생활을 짐작케 한다. 이 유이민의 삶을 다룬 작품으로는 조선 중기 위항委巷 문학으로 분류되는 어무적魚無迹의 「유민탄流民嘆」, 「신력탄新曆嘆」과 같은 작품이 유명하다. 따라서 유랑민의 고통스러운 삶을 전제로 할 때 이상화의 시는 우리의 고전 시가와도 맥이 닿고 있다.

16) 김학동 지음, 앞의 책, 163쪽.

이란 연유로 ②의 시에 나타난 현실 인식과 민족 정서는 일제 강점기라는 층위에서만 볼 것이 아니라, 18세기 실학파의 건강한 현실 인식과 맥을 잇는 통시적 시각에서도 탐색해 볼 필요가 있다. 이 외연의 확장은 우리 민족 정서의 정통성을 더욱 공고히 하는 것이며 자생적, 민족적 리얼리즘[17]의 이론 정립을 위한 소중한 밑거름이 될 수 있다고 본다. 다산은 당시의 중화주의에 반대하여 "我是朝鮮人 甘作朝鮮詩"를 주창하며 '조선시 선언'을 하게 되는데, 이런 현실 인식과 민족주의적 정신이 1920년대에 이르러 이상화의 후기 시에도 맥을 잇게 된다.

이상화는 이 시기에 신경향파 및 프로 문학의 영향을 받아 「구루마꾼」, 「엿장사」, 「거리지」 등의 시를 쓰기도 했지만, 프롤레타리아의 계급투쟁을 강조하는 노선에서 벗어난다. 그 대신 민족주의적 경향으로 전환하여 현실과 전통 정서가 잘 어우러진 시를 1925~1926년 사이에 많이 발표하였다. 그 무렵 창작된 시가 「빈촌의 밤」, 「선구자」, 「금강송가」, 「조선병」, 「통곡」, 「빼앗긴 들에도 봄은 오는가」 등과 같은 작품들이다.

그러므로 이상화가 쓴 신경향파적 시들도 이런 관계에서 이해할 필

17) 농촌이나 농민을 소재로 한 현실 참여의 시는 이미 고려 중엽 이규보의 시에까지 그 연원이 거슬러 올라간다. 이규보의 「갈우渴雨」, 「촌가삼수村家三首」, 「대농부음이수代農夫吟二首」, 「신곡행新穀行」 등은 당시 농촌의 힘든 처지와 농민의 애환을 사실적으로 제시하고 있어 깊은 인상을 심어준다. 이 리얼리즘 정신은 이후 다산 시에 이르러 「타맥행打麥行」, 「탐진촌요耽津村謠」, 「견여탄肩輿歎」, 「애절양哀絶陽」 등과 같은 시로 꽃을 피우게 된다. 그래서 다산의 시는 우리나라 사실주의 시문학의 한 전범典範을 보여주는 것으로 평가될 수 있다.

요가 있다고 본다. 1925년 이후 이상화의 시에 등장하는 '구루마꾼', '엿장사', '거러지' 등의 신경향파적 인물 군상 역시 계급 문학적 관점에서만 볼 것이 아니라고 본다. 이 하층민들은 이미 조선 후기의 시가에 나타난 '게젓장수', '뱃사공', '나무꾼'(이상 사설시조)이나 '가마꾼'(「견여탄肩輿歎」-다산의 한시)과 같은 서민 군상들에서도 계급과 무관하게 그 맥을 찾아볼 수가 있다. 따라서 이상화의 후기 시는 민족 정서와 자생적 리얼리즘 정신을 잘 계승하고 있으며, 1970년대 이후의 이른바 민중문학으로까지 그 숨결을 이어 주고 있다고 믿어진다.

3. 나오기

이상화의 시 세계는 크게 보아 두 가지 영역으로 분류된다. 1925년 이전의 작품들이 퇴폐적·허무적인 데카당스를 띠고 있다면, 그 이후의 시들은 전통 정서와 민족주의적 정신, 현실주의적 문학관을 확연히 드러내고 있다.

그런데 이 민족 정서나 리얼리즘 정신의 실체가 지금까지는 우리의 고전 시가에 나타난 정서 혹은 정신과 비교되면서 통시적通時的으로 탐색되는 예가 드물어 아쉬운 점이 많았다. 사실 근대시 또는 사실주의라는 용어에서 '근대'와 '사실寫實'이라는 명칭은 서구 지향적인 선입견을 강하게 심어준다. 그래서 자칫하면 특정 시대에 유입된 외래문화에 대한 종속설이나 편협된 이데올로기의 너울을 뒤집어쓰기 쉽다.

아무튼 민족 정서라고 하면 우리 민족의 역사에서 면면히 계승되어 온 정서나 가치관, 현실 인식 등과 불가분의 관계를 맺는다. 따라서 이상화의 시에 나타난 리얼리티나 민족 정서를 온전히 이해하려면 1920년대라는 공시적共時的인 울타리 안에서만 아니라, 한국시문학사를 거슬러 올라가 과거 민중들의 전통 정서나 가치관, 현실 인식과 어떻게 맥이 닿고 있는가도 함께 탐색되어야 한다고 본다.

이렇게 볼 때 이상화의 후기 시는 서구에서 유입된 문예사조의 영향이나 일제 치하에 대한 저항에만 초점이 맞춰지는 것이 아니라, 면면히 계승되어 온 우리 민족의 전통 정서나 현실 인식과도 밀접한 관계를 맺으면서 그 외연을 확장하고 있음을 확인할 수 있다. 따라서 이상화의 후기 시는 한국시문학사에서 과거와 현재를 잇는 교량적 역할을 함은 물론, 그 민족정신이 우리 민족의 삶과 전통적 정서 속에 구체적으로 잇닿아 있음을 보여주고 있다고 평가될 수 있다.